PROFIL Collection
par Georges
D'UNE ŒUV

LA CHARTREUSE DE PARME

STENDHAL

Analyse critique

par Pierre-Louis REY

agrégé des lettres,
assistant à l'Université de Paris X

HATIER

© HATIER, Paris, 1973

Toute représentation, traduction, adaptation ou
reproduction, même partielle, par tous procédés,
en tous pays, faite sans autorisation préalable
est illicite et exposerait le contrevenant à des
poursuites judiciaires. (Réf. : loi du 11 mars 1957.)

ISSN 0750-2516   ISBN 2-218-05265-2

Sommaire

Les références de cet ouvrage renvoient, sauf mention spéciale, à *La chartreuse de Parme*, collection « Folio », Gallimard éditeur, 1972.

Introduction

La chartreuse de Parme ne paraît pas répondre, dans la carrière de Stendhal, à une impérieuse vocation de romancier. Sans doute, à la date à laquelle elle paraît (1839), Stendhal est-il connu avant tout comme l'auteur du *Rouge et le noir*, composé près de dix ans plus tôt. Mais, entre-temps, s'il a entrepris un autre roman *(Lucien Leuwen)*, il n'a pu le mener à son terme; il paraît même l'avoir abandonné pour mieux se consacrer à *La vie de Henry Brulard*, autobiographie à peine déguisée, dans laquelle, repoussant toute tentation d'invention, il s'attache à restituer dans leur plus stricte exactitude ses plus lointains souvenirs d'enfance. Il compose dans le même temps des *Chroniques italiennes* : mais ces nouvelles sont autant de documents par lesquels Stendhal entend faire revivre l'Italie de la Renaissance; leur brièveté autant que la vérité historique à laquelle l'auteur se soumet (ou feint de se soumettre) les situe assez loin du « roman » tel qu'on l'entend généralement.

C'est pourtant à la croisée d'*Henry Brulard* et des *Chroniques* que va naître *La chartreuse de Parme*. Probablement imaginée d'abord comme une chronique italienne parmi les autres, *La chartreuse* a bientôt dépassé les limites imparties au genre et échappé à l'époque de la Renaissance pour devenir un long roman, reflet d'une Italie presque contemporaine. Surtout, *La chartreuse* paraît prolonger *Henry Brulard*, en donnant libre cours à la pente inventive et romanesque que Stendhal réprimait tant bien que mal dans son autobiographie : deux fois, ressuscitant des scènes de son passé, il s'y était reproché de « faire du roman ». *Henry*

Brulard interrompu en 1836, il reprendra deux ans plus tard les thèmes qui en dominaient les dernières pages (l'amour, le bonheur, l'Italie...), mais les affranchira, dans *La chartreuse*, de toute référence à un passé vécu ; il n'a plus lieu de se reprocher de « faire du roman » : il fait *un* roman, peut-être le plus beau de son œuvre parce qu'il ne répond pas au dessein arrêté d'obéir à un genre donné, mais regroupe et sublime ce que son cœur renfermait de plus profond et de plus vrai, ce qu'un réalisme trop étroit lui avait fait scrupule de mettre au jour.

L'œuvre de Stendhal en son temps

ŒUVRES DE STENDHAL (né en 1783)	ÉVÉNEMENTS LITTÉRAIRES
1814 *Vies de Haydn, Mozart et de Métastase* (Stendhal vit en Italie)	*Waverley*, de Walter Scott
1816	*Adolphe*, de Benjamin Constant
1817 *Histoire de la peinture en Italie* / *Rome, Naples et Florence*	*Éléments d'Idéologie*, de Destutt de Tracy
1820 (souffre dans son amour pour Métilde Dembowska)	*Ivanhoé*, de Walter Scott / *Méditations poétiques*, de Lamartine
1822 *De l'amour* (retour à Paris)	*Mémorial de Ste-Hélène*, de Las Cases / *Odes et Ballades*, de Hugo
1823 *Vie de Rossini* (repart pour l'Italie)	*Han d'Islande*, de Hugo / *Quentin Durward*, de Walter Scott
1825 *Racine et Shakespeare*	*Bug-Jargal*, de Hugo / *Poèmes antiques et modernes*, de Vigny
1826 (séjours à Paris et à Londres)	*Cinq-Mars*, de Vigny
1827 *Armance* (son premier roman) (retourne en Italie)	Préface de *Cromwell*, de Hugo
1829 *Promenades dans Rome* (retour à Paris) / *Vanina Vanini*	*Chronique du règne de Charles IX*, de Mérimée / *Les chouans*, de Balzac
1830 *Le rouge et le noir*	Bataille d'*Hernani*
1831 (consul à Trieste, puis à Civita-Vecchia)	*Notre-Dame de Paris*, de Hugo / *La peau de chagrin*, de Balzac
1832 *Souvenirs d'égotisme*	*Stello*, de Vigny / *Indiana*, de George Sand

	ŒUVRES DE STENDHAL	ÉVÉNEMENTS LITTÉRAIRES
1833		*Le médecin de campagne, Eugénie Grandet*, de Balzac
1834	Commence *Lucien Leuwen*	*Volupté*, de Sainte-Beuve *Lorenzaccio*, de Musset
1835	Commence *La vie de Henry Brulard*	*Le père Goriot, Le lys dans la vallée*, de Balzac
1836	(retour de Civita-Vecchia)	*La confession d'un enfant du siècle*, de Musset
1837	Quelques-unes des *Chroniques italiennes*. Commence *Le rose et le vert*	*Illusions perdues*, de Balzac (1837-1843)
1838	*Mémoires d'un touriste La duchesse de Palliano* Nov.-déc.: *La chartreuse de Parme*	*Ruy Blas*, de Hugo
1839	*L'abbesse de Castro* Commence *Lamiel* (roman inachevé) (retour à Civita-Vecchia)	*Splendeurs et misères des courtisanes*, de Balzac (1839-1847)
1840		*Colomba*, de Mérimée. Sept. : Article de Balzac sur *La chartreuse*
1841	(attaque d'apoplexie)	
1842	(23 mars : meurt à l'âge de 59 ans)	Avant-propos à *La comédie humaine*, de Balzac

REMARQUES :

Nous avons tenu compte de la date à laquelle les œuvres ont été composées, non de la date à laquelle elles ont paru.

On s'apercevra, à consulter ce tableau, que Stendhal est un écrivain peu précoce (il a 31 ans quand il écrit sa première œuvre notable) et un romancier moins précoce encore (il compose son premier roman, *Armance*, à 44 ans). Sa carrière de romancier ne s'étend donc que sur une douzaine d'années. *La chartreuse de Parme* en constitue à peu près le terme.

Analyse
de « La chartreuse » $\boxed{1}$

LIVRE PREMIER

Chapitre 1. (Milan en 1796.) Le roman s'ouvre sur un rappel de l'entrée de Bonaparte et des Français à Milan en 1796; d'abord prévenue contre eux, la population les a bientôt accueillis comme des libérateurs. « Les officiers avaient été logés, autant que possible, chez les gens riches; ils avaient bon besoin de se refaire. Par exemple, un lieutenant, nommé Robert, eut un billet de logement pour le palais de la marquise del Dongo » (p. 24). Ce fait apparemment anodin lance l'intrigue du roman. L'auteur présente la famille del Dongo : le marquis, farouche partisan de la réaction, sa jeune femme, et sa toute jeune sœur, Gina, qui deviendra bientôt comtesse Pietranera. Le retour des Autrichiens assure la fortune du marquis. En 1798 lui naît un second fils, Fabrice, qui a deux ans quand Bonaparte franchit de nouveau les Alpes, triomphe à Marengo, et met l'ivresse des Milanais au comble. « Nous glissons sur dix années de progrès et de bonheur, de 1800 à 1810 » (p. 31) : l'auteur décrit rapidement l'enfance de Fabrice au château de son père, à Grianta, sur le bord du lac de Côme.

Chapitre 2. L'abbé Blanès, curé de Grianta, est chargé de l'éducation de Fabrice. Féru d'astrologie, il communique sa passion à son élève. 1814 : les troupes autrichiennes rentrent dans Milan, à la grande joie du marquis del Dongo. Le comte Pietranera est mort; Gina revient à Grianta. Avec elle et avec sa mère, Fabrice se livre à de folles équipées nocturnes sur le lac de Côme : on rit comme des enfants, et Gina, à

– 9 –

trente ans passés, découvre une nouvelle jeunesse. Un soir pourtant, l'apparition d'un aigle est interprétée comme un présage par Fabrice : il doit partir rejoindre Napoléon et la Grande Armée, reconstituée après le retour de l'île d'Elbe. Arrivé en France, Fabrice montre une naïveté désarmante : on le prend bientôt pour un espion, et il passe quelque temps en prison.

Chapitre 3. Sur le champ de bataille de Waterloo, Fabrice trouve la protection d'une cantinière, qui tente de le mettre à l'abri. Mais Fabrice veut se battre. Il pâlit d'horreur en apercevant un cadavre, mais sa détermination n'en est que plus assurée. Il rejoint enfin par hasard une troupe de hussards, chevauche à ses côtés à la suite d'une troupe de généraux; l'un d'eux est le maréchal Ney. Mais Fabrice boit trop d'eau-de-vie, et il ne peut reconnaître l'Empereur alors que celui-ci passe sous ses yeux. Pour finir, ses camarades le dépossèdent de son cheval.

Chapitre 4. Exténué, Fabrice s'est endormi. A son réveil, il a enfin la joie de se battre, et tue son premier homme. Mais la débâcle est déjà commencée. Fabrice côtoie, dans des escarmouches d'arrière-garde, des officiers d'état-major en déroute. Son zèle et son sens de l'honneur lui valent de se faire blesser par un hussard.

Chapitre 5. Fabrice, convalescent, est choyé dans une auberge par la fille de l'hôtesse, la jeune Aniken. Celle-ci nourrit pour Fabrice de tendres sentiments, et celui-ci les lui rend bien. Il n'a pourtant qu'une hâte : retrouver son lac. Une lettre de sa tante l'avertit de se montrer prudent : il a servi Napoléon, cette « folie » le met, dans un pays acquis aux Autrichiens, en état d'arrestation. Rentré en cachette après un détour par la Suisse, qu'il prétendra n'avoir jamais quittée, il est accueilli avec des transports de tendresse par sa mère et sa tante. Des gendarmes les arrêtent tous trois sur la route de Milan où ils se rendaient pour cacher leur joie; mais il s'agit d'une méprise : ils recherchaient le général Fabio Conti. Celui-ci est aussitôt retrouvé en compagnie de sa fille, Clélia, une enfant de douze ans dont la singulière beauté frappe Fabrice. Gina réussit, par son charme et son autorité, à faire remettre tout le monde en liberté; elle va désormais intriguer pour tirer son neveu définitivement d'affaire.

Chapitre 6. Gina Pietranera : ses sentiments pour Fabrice (il lui apparaît « comme un bel étranger qu'elle eût beaucoup connu jadis. S'il eût parlé d'amour, elle l'eût aimé », p. 120). Un soir, à la Scala de Milan, on lui présente le comte Mosca, ministre de Parme; elle a plaisir à rencontrer et à revoir cet homme d'esprit de bientôt cinquante ans, qui parle de son prince avec tant de liberté. L'auteur nous donne un aperçu de la cour de Parme; Gina a produit une forte impression sur le prince, qui rêve d'en faire un jour sa favorite. Amoureux fou de Gina, Mosca, désormais premier ministre, a de son côté imaginé un stratagème : elle épousera le vieux duc Sanseverina; grâce à ce mari « point gênant », elle pourra, sans choquer les usages mondains, devenir la maîtresse du comte aux yeux de toute la Cour. Quant à Fabrice, il entrera dans les ordres à Naples : Mosca se charge de le faire un jour évêque.

Chapitre 7. Fabrice a terminé ses études; il revient de Naples, métamorphosé aux yeux de Gina, désormais duchesse de Sanseverina. Il est maintenant *Monsignore*. Mais son esprit et son intimité avec la Sanseverina irritent le prince. Celui-ci se venge en envoyant une lettre anonyme au comte Mosca, dénonçant en Fabrice un rival. Mosca connaît tous les tourments de la jalousie.

Chapitre 8. A la grande joie de Mosca, Fabrice courtise une petite actrice du nom de Marietta. Cette intrigue rend fou de jalousie le comédien Giletti, l'amant de Marietta. Devant cet obstacle, qui empêche Marietta, terrorisée, de se rendre à ses avances, la fantaisie de Fabrice se transforme en pique d'amour-propre. Il retourne, fort fâché, à Grianta. En cachette (car la police du pays le recherche toujours), il va rendre visite au vieil abbé Blanès.

Chapitre 9. Dans le clocher de la petite église de Grianta, où il revient goûter aux joies de l'enfance, Fabrice écoute les ultimes conseils et les prédictions du vieil abbé. Avant de quitter le pays, Fabrice, bien que traqué par les gendarmes, fait un détour insensé pour aller soigner *son* marronnier, un arbre planté l'année de sa naissance.

Chapitre 10. Fabrice dérobe son cheval à un valet de chambre, mais lui donne vingt francs pour la peine. Le cœur plein de joie, il accumule les imprudences. Il retrouve Gina, veuve et héritière du palais Sanseverina. Le comte donne à Fabrice des conseils de prudence : sa légèreté dans l'affaire du cheval l'a mis à deux doigts d'une prison éternelle.

Chapitre 11. Attaqué par Giletti, Fabrice se bat en duel, et tue son rival. Il est en état de légitime défense, mais, faute de pouvoir le prouver, il va devoir plus que jamais se cacher. Il passe la frontière avec le passeport de sa victime, et rencontre par hasard Ludovic, valet de la Sanseverina, qui va se mettre à son service. Il lui procure un habit qui lui permettra de ne pas attirer l'attention, l'aide à soigner les blessures reçues au cours du duel, lui permet de correspondre sans danger avec la Sanseverina et de se cacher.

Chapitre 12. Ludovic continue de se dévouer pour Fabrice. Celui-ci va se recueillir dans une église, où il connaît un « extrême attendrissement, en présence de l'immense bonté de Dieu ». Une lettre de l'archevêque Landriani lui permet bientôt de mesurer les difficultés où il se trouve : il est en butte à l'hostilité de la Cour, où le meurtre de Giletti a été saisi par ses ennemis comme un prétexte pour fomenter une intrigue contre lui.

Chapitre 13. Fabrice a retrouvé Marietta, et en oublie d'un coup tous ses soucis. Ici se situe le long épisode de la Fausta : Fabrice, entraîné par une « pique » de vanité à courtiser une belle actrice, connaît des aventures rocambolesques, et son rival, l'amant de la Fausta, lui fait subir une sévère humiliation.

LIVRE SECOND

Chapitre 14. La Sanseverina adresse au prince un ultimatum : le menaçant de quitter Parme à jamais, elle lui dicte un engagement, aux termes duquel Fabrice se trouverait à l'abri de toute poursuite. Mais Mosca, présent à l'entrevue, modifie le texte par esprit courtisan envers son prince : cette retouche, laissant toute liberté d'agir au prince, causera la perte de Fabrice. A la suite des intrigues de Rassi, le ministre de la justice, Fabrice est condamné, un an après la mort de Giletti, à douze ans de forteresse.

Chapitre 15. Fabrice, arrêté, est enfermé dans la citadelle de Parme. Fabio Conti (voir chapitre 5) en est désormais le gouverneur. Sa fille Clélia est prise de pitié pour le jeune prisonnier, qu'elle n'a pas revu depuis leur arrestation commune. Le soir même, Clélia rencontre la Sanseverina au cours d'une réception, et elle est témoin du changement d'expression de la duchesse au moment où celle-ci apprend l'arrestation de son neveu.

Chapitre 16. La duchesse est au désespoir; elle est remplie de rancune contre le comte, responsable de l'emprisonnement de Fabrice, de haine contre le prince qui l'a trompée. Le comte se déclare prêt à mettre sa carrière en jeu si son geste « courtisan » doit causer la perte de Fabrice.

Chapitre 17. Pour sauver Fabrice, le comte tente de s'assurer la pitié du tout-puissant et méprisable Rassi, en lui promettant de l'anoblir. Mais la Sanseverina ne lui pardonne toujours pas, et lui condamne sa porte.

Chapitre 18. Nous retrouvons Fabrice enfermé dans la tour de la prison Farnèse. Une incompréhensible joie s'est emparée de lui quand il s'est retrouvé dans sa cellule. Il voit Clélia à sa fenêtre, à l'heure où elle vient soigner ses oiseaux; on pose un abat-jour : il le perce, et continue de l'observer, puis s'enhardit à lui faire des signes, auxquels elle se défend de répondre.

Chapitre 19. Les pensées de Clélia : elle ne songe nullement à aimer ce Fabrice, qui passe pour un « libertin », mais elle prend de l'intérêt pour son sort. La menace de son père de la mettre au couvent l'éclaire sur ses sentiments : « Quoi ! Je ne le verrai plus ! » La certitude que Fabrice risque d'être empoisonné fait taire ses derniers scrupules : elle entretient avec lui une conversation réglée, où perce son amour.

Chapitre 20. Fabrice reçoit un message lumineux de la Sanseverina, qui prépare son évasion. Il confie à Clélia qu'il n'est nullement disposé à s'évader, comme le voudrait la duchesse. Clélia s'affole alors, et se compromet gravement pour provoquer l'évasion de celui qu'elle aime, et qu'elle sait en danger de mort. La Sanseverina et Clélia conjuguent leurs efforts pour assurer l'évasion de Fabrice.

Chapitre 21. Nous revenons une année en arrière, au jour de la rencontre de la Sanseverina et de Ferrante Palla. Ferrante, républicain proscrit, poète de génie et amoureux fou de la duchesse, s'est déclaré prêt pour elle à tous les dévouements ; la Sanseverina se servira de son bras pour assouvir sa vengeance contre le prince. Clélia participe aux préparatifs de l'évasion de Fabrice ; à son insu, on endort Fabio Conti : terrorisée de retrouver son père sans connaissance, Clélia s'accuse d'avoir, par amour pour Fabrice, favorisé une tentative d'empoisonnement.

Chapitre 22. Fabrice s'évade. Après une extraordinaire descente à l'aide d'une corde du haut de la tour Farnèse, il est recueilli, épuisé, par la duchesse et ses gens. La duchesse donne à Ferrante Palla le signal convenu pour l'assassinat du prince. Fabrice regrette sa cellule ; Clélia, traître à son père et infidèle à sa religion, est rongée par le remords.

Chapitre 23. La duchesse, mettant le comble à l'insolence, donne une fête pour célébrer l'évasion de son neveu. Ferrante Palla assassine le prince. Le nouveau prince, son fils, présente, aussitôt monté sur le trône, ses hommages à la duchesse. Mais le comte Mosca demeure inquiet : l'arrêt contre Fabrice n'est point révoqué. Fabrice, quant à lui, ne se console pas de ne plus voir Clélia ; il séjourne vis-à-vis de la citadelle, et n'a de cesse de regagner sa cellule.

Chapitre 24. La duchesse donne des soirées pleines de gaieté. Le comte Mosca cherche un moyen de soustraire définitivement Fabrice à la justice. Mais pendant ce temps, Fabrice s'est présenté de son plein gré à la citadelle, et Fabio Conti, ravi de l'aubaine, compte bien ne pas laisser échapper sa vengeance.

Chapitre 25. Clélia se désespère du retour de Fabrice, puis est rongée d'inquiétude devant le danger qu'il court de mourir empoisonné. Elle en oublie la « retenue féminine ». La duchesse se montre de son côté prête à tout pour sauver son neveu. En promettant de lui sacrifier, quand il le voudrait, son honneur de femme, elle obtient du jeune prince la libération de Fabrice. Il était temps : on avait déjà mis du poison dans sa nourriture.

Chapitre 26. Fabrice, d'une fenêtre de son appartement, continue de guetter Clélia, résignée au riche mariage que son père a projeté pour elle : ainsi demeurera-t-elle fidèle au vœu qu'elle a fait à la Madone de ne plus voir Fabrice. Elle le revoit pourtant malgré elle, lors d'une soirée de gala, et s'effraie de le trouver aussi changé ; mais presque aussitôt, l'assurance que Fabrice ne l'a pas oubliée la transporte de joie.

Chapitre 27. Le prince exige de la Sanseverina qu'elle tienne sa promesse, et elle se donne à lui ; une fois sa dette acquittée, elle quitte pour toujours les États de Parme. Elle épouse le comte Mosca, et va vivre à Naples avec lui. Fabrice, sur les conseils de sa tante, s'est mis à prêcher ; ses sermons attirent la grande foule, et chacun salue son éloquence.

Chapitre 28. Clélia va assister aux sermons de Fabrice, puis établit avec lui une liaison secrète. Ils auront un fils, Sandrino, dont la mort apparaît à Clélia comme une juste punition du ciel. Elle meurt ; Fabrice, retiré à la chartreuse de Parme, ne lui survit que de peu ; la Sanseverina, à son tour, suit bientôt Fabrice.

2 | Comment est née « La chartreuse »

SOURCES

La chartreuse de Parme est née en droite ligne d'un manuscrit italien intitulé *Origine des grandeurs de la famille Farnèse*. Ce manuscrit, Stendhal l'avait découvert avec quelques autres vers 1833 ou 1834 dans des archives privées : il s'agissait d'historiettes, datant du xvie ou du xviie siècle, relatant des faits historiques peu connus, qui lui fournirent la matière de ses *Chroniques italiennes*. Nous ne nous étendrons que sur le manuscrit qui inspira directement le roman.

En marge de ce manuscrit, Stendhal nota en 1834 : « Récit plein de vérité et de naïveté en patois romain », et, le 16 août 1838 : « To make of this sketch a romanzetto ». Pierre-Louis Farnèse, y apprend-on, eut une sœur prénommée Vandozza, et un fils du nom d'Alexandre. Cette Vandozza nous est décrite comme une femme légère et séduisante qui « fut, à cause de sa grâce et de sa beauté, la proie de nombreux amants ». Le plus célèbre demeura le cardinal Rodéric. « Quant à Alexandre, fils de Pierre-Louis et de Jeannette Gaetano, il naquit en 1468, et fut dans son enfance élevé avec beaucoup de soin. Quand il fut un adolescent, bien qu'il étudiât avec beaucoup de talent les lettres grecques et latines, il se donna aux plaisirs de la chair; à vingt ans, il fut mis au service du cardinal Rodéric, qui faisait grand cas de lui, comme le neveu de la Vandozza tant aimée; aussi devint-il extraordinairement insolent et de plus en plus débauché » (...) « Quand le cardinal Rodéric parvint à la papauté sous le nom d'Alexandre VI, il revint aussitôt à Rome; il fut bien vu du pape et de sa tante Vandozza; grâce

à elle, à vingt-quatre ans il obtint la pourpre, et s'enrichit
de bénéfices de gros revenus (tel est le pouvoir d'une femme !);
et se donna plus que jamais à la débauche et au vice; ce fut
à ce point qu'il prit son plaisir pendant de nombreuses années
avec une noble dame du nom de Cléria; ce fut comme si elle
était sa femme et elle lui donna deux enfants, l'un Pierre-
Louis, l'autre Constance qu'il maria richement. Parvenu dans
les dernières années de son âge mûr, il changea de vie et de
mœurs, ou du moins feignit d'en changer; il devint un homme
de grande sagesse, affable, libéral, plein d'un esprit sublime;
il n'en continua pas moins ses amours avec Cléria; le secret
fut tel qu'il n'en résulta aucun scandale. Et voilà le premier
pas de cette famille vers tant de grandeur, par le moyen de la
prostitution de Vandozza Farnèse, sa tante. Parvenu à l'âge
de 67 ans, en 1534, à la suite de la mort de Clément VII,
Alexandre accéda au pontificat, sous le nom de Paul III,
par le vote unanime des cardinaux [1] ». On voit clairement
en quoi cette histoire (véritable) a fourni à Stendhal le canevas
de son roman. Si *La chartreuse* dépassa finalement par son
ampleur les chroniques dont elle semblait devoir être la sœur,
elle le doit peut-être à Vandozza Farnèse : Stendhal semble
avoir retrouvé en elle son ancienne maîtresse Angela Pietragrua. Son sujet le passionna, il le transposa à l'époque
moderne. L'évocation de son amour pour Angela clôt *Henry
Brulard :* d'une certaine façon, *La chartreuse* prend le relais.
Mais on voit aussi à quel point Stendhal s'éloigne de ses
sources : on ne trouve pas, chez Fabrice ou chez Gina, trace
de la débauche et de l'arrivisme d'Alexandre ou de Vandozza
Farnèse (du moins le lecteur, qui est dans leur confidence,
en est-il persuadé : car à Clélia, Fabrice apparaît d'abord
comme un homme « léger », qui a la réputation « de changer
assez facilement de maîtresse », p. 374. Et la Sanseverina
passe aux yeux de tous pour une créature sans vertu ni
vergogne. Leur tragique destin les démarque en tout cas
suffisamment des Farnèse et atteste de leur sincérité).

Signalons qu'une autre chronique italienne *(Acte de
vengeance commis par le cardinal Aldobrandini sur la personne
de Girolamo Longobardi, chevalier romain)* a inspiré à Stendhal

---

1. D'après l'édition de *La chartreuse* de HENRI MARTINEAU, Classiques Garnier,
p. 481 et suiv.

l'épisode de la Fausta; et qu'on hésite à ranger *La jeunesse d'Alexandre Farnèse* (composée par Stendhal le 27 août 1832) parmi ses traductions, ou parmi ses ébauches romanesques : dans cette dernière hypothèse, c'est à cette date qu'il faudrait faire remonter le vrai point de départ de la composition de *La chartreuse*. Enfin, Stendhal s'est souvenu des *Mémoires* de Benvenuto Cellini, moins sûrement des *Fiancés* de Manzoni [1].

AUTOBIOGRAPHIE ET ROMAN

● *Souvenirs personnels*

Si, en composant *La chartreuse*, Stendhal s'abandonne sans remords à « faire du roman » comme il en avait la tentation quand il écrivait *Henry Brulard*, les éléments de sa vie personnelle ne sont pas pour autant complètement disparus; ils surgissent çà et là dans la trame de la fiction.

En donnant à Fabrice un père indigne, personnage médiocre et sournois, Stendhal s'est souvenu de son propre père, qu'il peint sous les traits les plus noirs dans les premiers chapitres d'*Henry Brulard*, et traite, dans son *Journal*, de « vilain scélérat ». Les mauvais rapports fils-père jouaient déjà un rôle déterminant dans la destinée de Julien Sorel, mais le vieux paysan de Verrières, au demeurant très éloigné par son caractère et sa condition du père d'Henry Beyle, disparaissait bientôt de l'intrigue. Le vieux del Dongo, doublé, il est vrai, par son fils aîné, conservera une importance plus durable dans *La chartreuse*. Surtout, fiction et réalité y offrent des similitudes plus directes. Ainsi, dans *Henry Brulard*, les défaites de Bonaparte en Italie causent-elles une vive joie aux parents d'Henry, comme au marquis del Dongo dans *La chartreuse*. Le père d'Henry grondait son fils quand il le voyait pouffer de rire (*Brulard*, chap. 9); de même Fabrice, sa mère et sa tante s'éloignent-ils du marquis et du château pour pouvoir s'amuser « comme de vrais enfants » (p. 47); et quand le fils aîné du marquis les accompagne, la « joyeuse troupe » n'ose rire en sa présence (p. 46). Dans

1. Voir à ce sujet H.-F. IMBERT, *Stendhal et la tentation janséniste*, Droz, 1970, p. 176.

Henry Brulard encore (chap. 9), Henry manifeste, comme Fabrice, le désir de « s'engager » dans l'armée contre la volonté de son père. Ce père détesté, Stendhal avouera pourtant l'avoir pleuré à chaudes larmes ; réaction semblable chez Fabrice quand on vient, dans sa prison, lui apprendre la mort de son père. Les incertitudes de la réalité elles-mêmes se reflètent dans le roman, puisque Stendhal, qui pensait (ou souhaitait !) n'être pas le vrai fils de son père (voir sa correspondance avec sa sœur Pauline), prête une origine tout aussi incertaine à Fabrice ; le séjour du lieutenant Robert au château de Grianta quelques mois avant la naissance de Fabrice paraît en effet destiné à semer le soupçon, et à expliquer que le jeune héros de l'histoire ait aussi peu de traits communs avec le marquis del Dongo et avec son frère Ascagne.

Stendhal n'était pas à Waterloo. Mais les impressions de Fabrice sur le champ de bataille font penser à celles que Stendhal a rapportées de la campagne de 1809, à laquelle il avait pris part comme commissaire de la guerre, et qui s'acheva par la bataille de Wagram (voir *Journal*, Enns, 5 mai 1809) : on y trouve le même ton détaché, la même curiosité mêlée d'horreur. Le culte de Napoléon est d'autre part commun au romancier et à son personnage. L'amour des arbres (des tilleuls chez Stendhal : il les appelle ses amis au chapitre 41 d'*Henry Brulard;* d'un marronnier chez Fabrice), plusieurs autres traits encore, soulignent une parenté évidente. Mais s'il projette en Fabrice ses souvenirs, Stendhal charge Mosca de toute sa nostalgie. La constatation : « Je vais avoir la cinquantaine » a servi de point de départ à *Henry Brulard;* on la retrouve présente à l'esprit de Mosca (« A ses yeux, ce mot cruel, la *cinquantaine*, jetait du noir sur toute sa vie et eût été capable de le faire cruel pour son propre compte », p. 162).

● *Les modèles vivants*

Dans quelle mesure enfin Stendhal s'est-il souvenu de telle ou telle personne qu'il avait côtoyée ou fréquentée pour imaginer telle figure de son roman ? Pour Balzac, il ne fait aucun doute que Mosca, c'est le ministre autrichien Metternich ; mais Stendhal s'en défend. La Sanseverina joue bien sûr, dans le roman, un rôle analogue à celui qu'a tenu Vandozza

Farnèse dans la réalité : mais la duchesse est une création si riche, si profonde, qu'on ne gagne sans doute pas grand-chose à une telle identification. Plus probablement, Stendhal s'est souvenu, en imaginant la Sanseverina, d'Angela Pietragrua, « catin sublime à l'italienne », dont il fut amoureux fou, et qui, à en croire certains témoins, ne le méritait guère. On sait seulement de Clélia qu'elle était, dans l'esprit de Stendhal, une figure du Corrège (ce peintre dont on peut admirer les fresques dans la cathédrale de Parme). L'égotisme de Stendhal limite en tout cas, du moins dans ses figures principales, la part de ses emprunts à des modèles extérieurs. On lit en marge de *Lucien Leuwen* : « Tu n'es qu'un *naturaliste* : tu ne *choisis* pas les modèles, mais prends pour *love* toujours Métilde et Dominique. » (Le mot « naturaliste » a ici, on s'en doute, un sens exactement opposé à celui qu'il prendra à l'époque de Zola). Métilde, c'est Métilde Dembowska, qui fut le plus grand amour de sa vie ; Dominique, c'est l'un des innombrables surnoms qu'il se donne dans ses œuvres intimes et dans sa correspondance.

Plus probantes, mais d'un intérêt forcément accessoire, apparaissent les identifications à tel ou tel modèle de personnages secondaires du roman. Stendhal se serait inspiré du duc François IV de Modène pour imaginer le prince Ranuce-Ernest IV, et d'un Allemand nommé Wolff pour créer l'ignoble Rassi. Ces « clés » nuiraient pourtant plus qu'elles ne serviraient à la compréhension du roman si elles nous faisaient douter que dans ces deux figures comme dans bien d'autres, Stendhal donne libre cours à sa verve de caricaturiste et charge à plaisir ses originaux.

LES LIEUX

● *Stendhal et l'Italie*

Il est important que *La chartreuse* se situe en Italie, dans un pays que Stendhal a toujours adoré. Né à Grenoble, dans une société dont il abhorre l'étroitesse et la rigidité, il croit bientôt trouver dans l'Italie toute proche l'ouverture d'esprit, la générosité de cœur, le courage d'être soi auxquels il aspire.

Sa tante Élisabeth flatte ses goûts en le persuadant, contre toute vraisemblance, que son grand-père maternel Gagnon descendrait d'un Guadagni ou Guadaniamo; ainsi Henry Beyle appartiendrait-il par sa mère à ce pays « encore plus beau que la Provence », « où les orangers croissent en pleine terre » (*Henry Brulard*, chap. 8 [1]). A dix-sept ans enfin, il part, sous les armes, pour la terre rêvée (« Depuis le passage du Mont Saint-Bernard, écrira-t-il, je n'ai plus eu à me plaindre du destin, mais au contraire à m'en louer »). Il y connaît sa première expérience amoureuse, s'y enthousiasme pour Cimarosa, s'éprend d'Angela Pietragrua. Les quelques mois qu'il passe à Milan resteront « le plus beau temps de sa vie ».

Il lui faudra pourtant traverser dix ans d'ennui avant de retrouver des lieux dont il n'a cessé de rêver à la Bibliothèque Nationale ou à l'Opéra, grâce à Goldoni, Alfieri, Cimarosa, et dont un voyage à Marseille lui a donné, en 1805, un délicieux arrière-goût. En 1811, enfin, nommé auditeur au Conseil d'État, il possède les moyens financiers de réaliser son rêve; il était temps : *Rome, Naples et Florence* est déjà commencé. Les trois mois que dureront ce voyage vont mettre le comble à son émotion. Son amour « si céleste, si passionné » pour Angela, après « onze ans, non pas de fidélité mais d'une sorte de constance », arrive enfin « à ce qu'on appelle le bonheur ». Le souvenir de cette matinée de printemps de l'année 1800 où il est entré pour la première fois dans Milan, le « bonheur fou » que lui mérite, après onze ans d'attente, la constance de son amour pour Angela, entraînent Stendhal une vingtaine d'années plus tard aux limites de l'expression. « On gâte des sentiments si tendres à les raconter en détail » : tels sont les derniers mots d'*Henry Brulard*. En parlant de l'Italie sur le mode romanesque, en mettant tout son cœur dans des amours de fiction, Stendhal va pouvoir, dans *La chartreuse*, reprendre le fil d'un discours que trop de confidence étouffait.

---

1. Sur l'importance du thème des orangers dans *La chartreuse*, voir J. BELLEMIN-NOËL, art. cit. in Bibliographie.
Pour plus de renseignements sur le mirage et l'expérience de l'Italie chez Stendhal, voir CH. DÉDEYAN, op. cit. in Bibliographie.

• *Des lieux imaginaires*

L'essentiel de l'italianisme de Stendhal, tel que l'exprime *La chartreuse*, on le trouve tout entier dans le dernier chapitre d'*Henry Brulard*. Il importe moins que Stendhal, qui séjourna ensuite à plusieurs reprises et parfois longuement en Italie, ait pu s'arrêter une demi-journée à Parme en 1814, qu'il y ait fait encore étape, pour la dernière fois sans doute, dix ans plus tard, qu'il soit aussi passé par Milan en 1816-1817, en 1819 et en 1820. On ne sait trop pourquoi il fut, de son propre aveu, conduit « comme par la main » à choisir Parme. D'après V. del Litto, instruit des indications fournies à Balzac par Stendhal lui-même, Stendhal n'avait pas le choix : « Pas question pour le consul de France Henri Beyle de situer son roman dans le royaume lombardo-vénitien, État autrichien, ou dans des États satellites - le duché de Parme où régnait l'ancienne femme de Napoléon, l'indolente Marie-Louise, ne présentait aucun danger. Parme est, dans le roman, la synthèse et le symbole de toute l'Italie de la Restauration [1]. » Mais du moment que Parme est avant tout un symbole, peu importe que Stendhal y ait placé une tour Farnèse qui n'a jamais existé.

De même pour le lac de Côme : le château de Grianta est purement imaginaire, et il suffisait à Stendhal, pour décrire les allées et venues de Fabrice sur le lac et à l'entour, d'une carte un peu détaillée, mais surtout de son imagination et d'une connaissance sentie de la nature italienne. Veut-on pourtant situer avec précision ces lieux imaginaires ? Regardez la couverture de l'édition Folio : vous y verrez au premier plan la villa Melzi, qui s'élève à l'entrée de Bellagio ; le château de Grianta est censé se dresser sur le promontoire situé exactement en face, sur l'autre rive du lac. Maurice Barrès a tenté de marcher sur les traces de Fabrice : « Je suis allé à Grianta, à Cadenabbia, où Fabrice passa son enfance sur le lac de Côme ; j'ai cherché vers Vico, entre Como et Ternobbio, le rocher qui s'avance dans le lac et sur lequel, assis par une nuit admirable, il éprouva une si délicieuse exaltation de générosité et de vertu à propos de la Sanseverina [2]. » Paul

---

1. V. DEL LITTO, *La vie de Stendhal*, Éditions du Sud, Albin Michel, 1965, p. 300.
2. M. BARRÈS, *Du sang, de la volupté et de la mort*, Club français du livre, 1960, p. 202.

Morand a eu la même téntation : « *Grianta*, château du marquis del Dongo... Qu'il me plaisait alors, tout comme un touriste américain, de découvrir quelque lieu précis où loger les mots mêmes du roman ! » Mais, ajoute P. Morand, « aujourd'hui, j'éprouve une joie bien plus vive à me trouver devant le vide, à constater que ce château n'a existé que dans l'imagination de Stendhal » (Préface de l'édition Folio).

Même chose en ce qui concerne la fameuse chartreuse : l'édition d'E. Abravanel nous apprend que Parme offre dans ses environs non pas une, mais deux chartreuses, dont Stendhal n'a au demeurant jamais parlé. Aussi incline-t-on plutôt à chercher le modèle de Stendhal dans la Grande Chartreuse, située près de Grenoble, et qu'il a visitée quelques mois avant d'écrire son roman. Mais que gagne-t-on à identifier une chartreuse qui, dans l'œuvre, demeure un nom, une sonorité, qu'il a plu à Stendhal, pour d'obscurs motifs, d'associer à la ville de Parme ?

UN ROMAN VITE TERMINÉ

Le 3 septembre 1838, Stendhal a eu — il le mentionne dans une note - « l'idée » de *La chartreuse*. Il écrit, à cette époque, un récit de la bataille de Waterloo. Il songe sans doute alors à transposer au XIXe siècle l'histoire de la famille Farnèse. Deux mois durant, pourtant, le roman va « mûrir » en lui sans qu'il commence à le rédiger. Au début du mois de novembre, il s'installe rue Caumartin, et le 4, il s'attaque à *La chartreuse*. Sept semaines lui suffiront, sept semaines pendant lesquelles il travaille d'arrache-pied, écrivant, dictant, corrigeant. On peut tenir pour certain que son éditeur lui demanda d'abréger la fin du roman : on s'en douterait, nous le verrons, à la seule lecture de l'œuvre.

3 | Un roman bâclé?

COMPOSITION

● *Les critiques*

Le 25 septembre 1840 paraît dans la *Revue Parisienne* un article de Balzac consacré à *La chartreuse*. Article élogieux (« *La chartreuse de Parme* est, dans notre époque et jusqu'à présent, à mes yeux, le chef-d'œuvre de la littérature à idées »), où Balzac formule cependant d'importantes réserves sur la composition du roman. « Aussi souhaiterais-je, écrit-il, dans l'intérêt du livre, que l'auteur commençât par sa magnifique esquisse de la bataille de Waterloo, qu'il réduisît tout ce qui la précède à quelque récit fait par Fabrice pendant qu'il gît dans le village de Flandre où il est blessé. Certes, l'œuvre y gagnerait en légèreté. Les Del Dongo père et fils, les détails sur Milan, tout cela n'est pas le livre : le drame est à Parme, les principaux personnages sont le prince et son fils, Mosca, Rassi, la duchesse, Palla Ferrante, Ludovic, Clélia, son père, la Raversi, Giletti, Marietta. D'habiles conseillers ou des amis doués du simple bon sens auraient pu faire développer quelques portions que l'auteur n'a pas cru aussi intéressantes qu'elles sont, auraient demandé le retranchement de plusieurs détails inutiles malgré leur finesse. Ainsi l'ouvrage ne perdrait rien à ce que l'abbé Blanès disparût entièrement. » « En dépit du titre, écrit encore Balzac, l'ouvrage est terminé quand le comte et la comtesse Mosca rentrent à Parme et que Fabrice est archevêque. »

Stendhal a beau être de seize ans l'aîné de Balzac, sa

renommée est bien inférieure à celle de son cadet. « Vous avez eu, lui répond-il sans feinte modestie, pitié d'un orphelin abandonné dans la rue ». Aussi va-t-il s'efforcer loyalement de tenir compte des conseils du maître : « Je parlais de choses que j'adore, confesse-t-il à propos des premières pages incriminées, et je n'avais jamais songé à l'*art* de faire un roman. J'avais fait dans ma jeunesse quelques plans de romans; en écrivant des plans je me glace. » Mais malgré sa docilité, Stendhal ne parviendra guère à revenir sur sa première inspiration. Aujourd'hui, où nous attachons moins d'importance aux canons rigides de la beauté ou de la raison, et où nous témoignons plus de respect à la pente naturelle de chaque créateur, nous sommes portés à nous en féliciter. Vouloir apprendre à un artiste où se situe la « vraie » matière de son œuvre n'a guère de sens; en souhaitant la disparition de l'abbé Blanès, Balzac méconnaissait l'un des aspects principaux du roman : l'union étroite de la religion et de la superstition, typique de l'Italie. Son article, - témoignage au demeurant passionnant, - nous livre la lecture balzacienne d'un roman de Stendhal, mais elle n'est qu'une lecture parmi d'autres, et la hiérarchie entre les deux romanciers n'est pas aujourd'hui si évidente que nous devions regretter que *La chartreuse* ne soit pas devenue un roman de type balzacien.

Les reproches de Zola iront dans le même sens que ceux de Balzac. Pour le chef de file de l'école naturaliste, la bataille de Waterloo elle-même « ne tient en rien au roman ». « D'ailleurs, il est inutile de prouver le manque de composition logique, dans les romans de Stendhal; ce manque de composition saute aux yeux, surtout dans *La chartreuse de Parme*. »

• *Insuffisances ou liberté?*

Bien moins encore que Balzac ou Zola sommes-nous fondés à donner des leçons de composition à Stendhal. Mais notre liberté d'appréciation demeure entière. Ainsi admettons-nous volontiers que Balzac rêve d'un roman amputé de ses dernières pages. A plus forte raison rejoignons-nous J. Prévost [1], moins sensible à la comédie de cour qu'au poème d'amour, et

1. Voir Bibliographie.

pour qui l'histoire est terminée quand Clélia prononce le fameux « Entre ici, ami de mon cœur ». La rapidité de la fin, de la dernière page en particulier, déconcerte : ces lignes auxquelles Stendhal promettait un plus ample développement, et qui justifient le titre du roman, perdent de leur impact à force d'éluder les détails. Tandis que l'exécution de Julien Sorel donnait au *Rouge et noir* une apothéose romanesque, la manière curieusement allusive dont est mentionnée, par une proposition relative et comme accessoire, la mort de Fabrice (« La comtesse en un mot réunissait tout ـ les apparences du bonheur, mais elle ne survécut que fo.. peu de temps à Fabrice, qu'elle adorait, et qui ne passa qu'une année dans sa chartreuse ») nous permet de penser que l'essentiel se situait ailleurs. A l'inverse l'épisode de la Fausta semble bien long. Stendhal en avait conscience : « Faut-il conserver Fausta, épisode devenu trop long ? écrit-il dans une note. Fabrice veut montrer à la duchesse qu'il n'est pas capable d'amour. » Cette démonstration laborieuse nous paraît briser le rythme. Les premières pages, en revanche, que Balzac jugeait superflues, et dans lesquelles Alain verra « le poème de l'armée d'Italie », trouvent aujourd'hui plus de faveur au cœur des « beylistes » : Balzac, il est vrai, ne pouvait connaître *La vie de Henry Brulard;* les souvenirs milanais de Stendhal donnent à *La chartreuse,* qui les prolonge, une tonalité nouvelle; cette manière de lire un roman à la lumière de la vie ou d'une autre œuvre de l'écrivain paraîtra démodée à certains critiques contemporains, qui se font volontiers de chaque œuvre prise en particulier une conception fermée et un peu sacralisée. Mais les admirateurs de Stendhal aiment souvent en lui un homme plutôt qu'un auteur, ils se tiennent tout prêts à justifier par les singularités de son cœur les bizarreries de sa création, au point de préférer parfois à ses œuvres mieux finies les brouillons presque illisibles où se trahit le mieux son « égotisme ». C'est en un sens parce qu'elle est « mal composée » que *La chartreuse* est le roman préféré des « beylistes ».

On songe souvent à la musique pour rendre compte de la liberté d'allure de *La chartreuse;* ainsi, pour M. Bardèche [1], les thèmes y sont-ils annoncés comme dans une symphonie;

1. Voir Bibliographie.

mais une symphonie est d'ordinaire rigoureusement construite. Aussi préférons-nous la comparaison d'un critique récent (Stephen Gilman, *The tower as emblem*, Francfort) selon qui Stendhal a créé *La chartreuse* « comme un grand joueur de jazz » : par flambées d'inspiration.

STYLE

Les critiques qui se piquent de beau langage se sont souvent montrés sévères pour Stendhal, et en particulier pour *La chartreuse*. « Le côté faible de cette œuvre est le style, écrit Balzac, en tant qu'arrangement de mots, car la pensée éminemment française soutient la phrase. » Conscient lui-même que son roman avait été rapidement rédigé (« Je vous avouerai, écrit-il à Balzac [1], que bien des pages de *La chartreuse* ont été imprimées *sur la dictée* »), Stendhal s'est efforcé d'en corriger les imperfections. Plusieurs éditions - celle des Classiques Garnier notamment - recensent d'une manière assez complète ces corrections : on s'apercevra vite, à les consulter, que sous prétexte d'apporter plus de rigueur ou de précision à sa pensée, Stendhal a le plus souvent altéré ce que le premier jet contenait de spontané. A titre d'exemple, après avoir écrit p. 28 : « pour faire évader les prisonniers faits sur le champ de bataille », Stendhal tentera d'éclairer le sens de sa phrase, et écrira : « pour faire évader une partie des cinquante mille prisonniers que l'armée d'Italie avait faits sur le champ de bataille ». Parfois, il développera l'intention qui guide une remarque : « Garder son enthousiasme, entouré de vils fripons », fait-il dire à Fabrice p. 72 ; il précisera, dans une addition ultérieure, les raisons qui poussent Fabrice à s'indigner de la sorte : « Et les voir briller de la même bravoure que l'on reconnaît en soi et pour laquelle on s'estime, voilà ce qui est plus fort qu'une âme de dix-sept ans [2]. »

Dans la majorité des cas, les éditeurs préféreront conser-

---

1. Lettre du 16 octobre 1840.
2. Ainsi que le fait observer Jean Prévost (*La création chez Stendhal*, Mercure de France, 1959, p. 364 et suiv.), il faut distinguer deux sortes de corrections : celles que Stendhal a esquissées à la suite de l'article de Balzac (dites corrections Chaper; les deux exemples que nous venons de citer en font partie); et les révisions plus personnelles qu'il apporta à son ouvrage, notamment sur un exemplaire ayant appartenu à P. Hazard.

ver le premier trait de Stendhal, dût-il paraître obscur Aujourd'hui encore, c'est le Stendhal « égotiste » que nous préférons, c'est-à-dire celui qui ne livre sa pensée qu'à demi-mot. Par sa réponse à Balzac, Stendhal nous invite lui-même à entendre ainsi l'égotisme : il rédigea en effet trois brouillons de cette lettre, jugeant les deux premiers d'un « égotisme effroyable », entendez : trop spontanés, et par là même illisibles. Par un culte où certains voient de l'idolâtrie, ses lecteurs aiment Stendhal dans ses premiers jets, les plus sincères et les plus éloignés des conventions du langage, ils l'aiment jusque dans ses négligences, et parfois à cause d'elles.

On trouve une sorte de pudeur, ou de limite de l'expression, à ces adjectifs dont Stendhal se contente pour traduire la beauté ou le bonheur. Ainsi le lac de Côme ne peut-il être que « sublime » aux yeux et au cœur de Fabrice qui y retrouve ses souvenirs d'enfance, et Stendhal ne craint pas de le répéter (p. 197-198). De même répète-t-il du comte Mosca qu'il est « fou de bonheur » (p. 145-146). Un critique (S. Felman, voir bibliographie) a recensé les emplois des mots « fou » et « folie » dans les romans de Stendhal, et mis en lumière combien il s'était, dans *La chartreuse* plus qu'ailleurs, laissé aller à en user : parvenu aux limites de son inspiration, au bord de l'ineffable, Stendhal préfère toujours répéter un mot cher à son cœur plutôt que d'en chercher des variantes rhétoriques. De même l'accusera-t-on peut-être d'user mécaniquement des mêmes formes de superlatifs : « ces êtres si heureux » (p. 105), la branche du lac « si voluptueuse » (p. 44), la beauté de Clélia « si singulière » (p. 110).

Faut-il mettre encore au compte des négligences la manière dépourvue d'artifice dont Stendhal s'adresse au lecteur pour le prendre à témoin de l'histoire qu'il lui raconte ? Il procède souvent comme un auteur de romans-feuilletons, annonçant les épisodes à venir (« Comme nous le dirons en son lieu, lorsque nous parlerons de la façon dont le pauvre Fabrice passait son temps à la citadelle », p. 345), s'excusant d'une interruption dans le cours de son récit (« Ici un détail nécessaire et qui explique en partie le courage qu'eut la duchesse de conseiller à Fabrice une fuite si dangereuse, nous oblige d'interrompre pour un instant l'histoire de cette entreprise hardie », p. 412). Il faut dire que l'architecture du roman n'étant guère préméditée, le récit de Stendhal « dérape » parfois, l'entraîne au fil de son inspiration, de paragraphe en paragraphe, loin de l'idée qui paraissait initialement le guider, et ces « apartés » lui permettent de rétablir la situation, palliant d'artifices trop visibles la fragilité de la construction interne. On le voit aussi défendre ou accabler ses personnages ; il va jusqu'à comparer le roman qu'il écrit avec celui qu'il aurait pu écrire s'il avait choisi un autre parti (« L'objet de cette course et les sentiments qui agitèrent notre héros pendant les cinquante heures qu'elle dura, sont tellement absurdes que sans doute, dans l'intérêt du récit, il eût mieux valu les supprimer », p. 186).

Ces clins d'œil rendent Stendhal attachant : ils ne font pas de lui un grand styliste. Les vraies réussites de *La chartreuse*, nous les trouvons dans des raccourcis, inspirés, à l'en croire, par le Code civil, mais où se devine son émotion contenue : « Elle eût voulu qu'il ne partît pas ; les adieux furent tendres » écrit-il simplement de la séparation de Fabrice et d'Aniken (p. 100) ; dans une scène de mouvement, un brutal changement de temps suggère à merveille la soudaineté de l'action : « Tous tirent leurs sabres à la fois et tombent sur Fabrice ; il se crut mort » (p. 93). La liberté qu'il prend avec la pente naturelle du sens de la phrase déroute parfois le lecteur : « Il était *Monsignore*, et il avait quatre chevaux à sa voiture ; à la poste avant Parme, il n'en prit que deux » (p. 161) : à un imparfait d'état succède ici, brusquement, un passé simple ponctuel, l'action se greffe sur la durée, et la décision de Fabrice s'y traduit dans toute sa vivacité et son caractère inattendu. Aussi désinvolte apparaît sa façon de passer du style direct au style indirect, ou inversement : « Le comte Mosca, interrogé, parla de sa vie à Parme. En Espagne, sous le général Saint-Cyr, j'affrontais des coups de fusil pour arriver à la croix... » (p. 123) ; ou, un peu plus loin : « Elle se voyait sur le Corso, à Milan, heureuse et gaie comme au temps du vice-roi ; la jeunesse, ou du moins la vie active recommencerait pour moi ! » (p. 132). La dernière page de ce même chapitre, où se succèdent sur un ton voisin, et sans ponctuation pour les différencier, les paroles du comte, celles du narrateur et celles de la duchesse, est plus éloquente encore : elle montre à l'évidence que Stendhal se soucie moins de faire, comme Balzac, concurrence à l'état civil et de particulariser chacune de ses créatures, que de faire entendre *une* voix que chacun module à sa façon, l'essentiel résidant dans la musique et la noblesse du langage plutôt que dans la répartition dramatique des rôles.

INCOHÉRENCES ET INVRAISEMBLANCES

Signe, encore, de la rapidité avec laquelle il a été composé, ou, pour les « beylistes » inconditionnels, de la liberté créatrice de Stendhal, le roman est parsemé d'incohérences et d'invraisemblances. Ainsi ne peut-on admettre que de sa prison de Parme, Fabrice contemple « les contours du mont Viso et des autres pics des Alpes qui remontent de Nice vers le mont Cenis et Turin » (p. 356) : Stendhal se souvient ici du spectacle qui s'est offert à lui du haut de la cathédrale de Milan, et le transpose en un lieu d'où on ne saurait, même par temps clair, apercevoir les Alpes.

Quand il imagine que Fabrice et Clélia correspondent au moyen d'un alphabet, il paraît oublier bientôt à quel genre de conversation les borne un instrument aussi rudimentaire : leurs entretiens s'allongent, s'animent : « Il y a bien des choses à dire sur cet article, répondit Clélia d'un air qui devint tout à coup excessivement sérieux et presque sinistre. - Comment ! s'écria Fabrice fort alarmé... » (p. 385). Peut-on, quand on correspond ainsi, montrer un « air sérieux », ou « s'écrier » ? Même oubli des contingences matérielles lorsque Fabrice échange des signaux lumineux avec la Sanseverina (chap. 20) : ils ont convenu d'un alphabet *alla Monaca* qui, « afin de n'être pas deviné par les indiscrets, change le numéro ordinaire des lettres, et leur en donne d'arbitraires »; mais au beau milieu d'une conversation réglée selon le code *alla Monaca*, la Sanseverina s'avise, pour rendre lisible une flatterie à l'égard du prince, de revenir provisoirement au code traditionnel : quelle devrait être la perplexité de Fabrice, contraint de déchiffrer une phrase dans laquelle se télescopent les deux alphabets ! L'urgence de l'évasion de Fabrice pousse bientôt la duchesse à faire expédier dans sa cellule une lettre contenue dans une balle de plomb lancée par un frondeur d'élite (chap. 20); mais, ainsi que le fait observer H. Martineau dans son édition de *La chartreuse*, « il est piquant de lui voir adresser à Fabrice un message des plus importants et lui demander de lui en accuser réception suivant un code secret dont elle lui redonne la clé sous le même pli. Toute personne qui aurait intercepté la lettre de la duchesse eût pu lui répondre en place de Fabrice ». Stendhal entend-il se moquer ainsi des talents de conspirateur de la duchesse ? Non point, quand on sait, ainsi que le rappelle H. Martineau, que « lui-même écrivait sous le chiffre à son ministre et lui donnait dans la même enveloppe la clé de ce chiffre ». La négligence du romancier fait ici écho à la naïveté du diplomate.

On se dispensera, enfin, de relever toutes les contradictions qui opposent les mentions d'âge des personnages : la Sanseverina dépasse à tel chapitre la quarantaine, ne l'atteint plus tout à fait quelques années plus tard; ainsi du comte Mosca. Ces étourderies reflètent-elles une mentalité bien italienne ? Stendhal a vu en Italie, il l'atteste dans *Rome, Naples et Florence*, des couples qui s'adorent, longtemps, sans se soucier de leur âge. N'allons pourtant pas jusqu'à vouloir tourner à la gloire de Stendhal toutes les erreurs de son roman; contentons-nous d'observer que, par négligence ou fantaisie, il se tient bien loin, quand il compose, de la rigueur de Flaubert ou même de Balzac, sans que le plaisir du lecteur en soit en rien diminué.

4 | Un roman, mais lequel?

UN ROMAN SANS SUJET?

Les querelles autour de la composition du roman soulèvent en partie la question de son sujet. Pour Balzac, nous l'avons vu, « le drame est à Parme ». Alain sera plus sensible aux pages milanaises. Plus généralement, certains croient lire dans *La chartreuse* la monographie d'un héros, d'autres une chronique italienne élargie aux dimensions d'un roman historique, d'autres une romanesque histoire d'amour : encore ces derniers se séparent-ils pour privilégier tantôt la Sanseverina, la plus forte, peut-être, et la plus originale des figures du roman, tantôt le couple Fabrice-Clélia; dans ce dernier cas, la première partie du livre apparaît dès lors comme la lente préparation de l'émouvant duo d'amour des deux jeunes gens. Les confidences de Stendhal ne nous éclairent guère : « J'ai fait *La chartreuse*, écrit-il à Balzac, ayant en vue la mort de Sandrino, fait qui m'avait vivement touché dans la nature », et encore, dans une marge du manuscrit de *Lamiel* : « Je pensais à la mort de Sandrino, cela seul m'a fait entreprendre le roman. » Or Sandrino, l'enfant de Fabrice et de Clélia, ne naît que dans les dernières pages du roman, pour mourir presque aussitôt. Tout comme le titre du roman - énigme pour tout lecteur non averti -, ces indications montrent que Stendhal concevait son œuvre autrement, mais ne nous éclairent pas sur l'aspect qu'il convient de valoriser dans ce qu'elle est réellement devenue. « Le sujet, écrit Zola, va au gré des épisodes, et le livre, qui a commencé par une entrée en matière interminable, s'achève brusquement, juste à l'heure où l'auteur vient d'entamer une nouvelle histoire. »

MONOGRAPHIE D'UN HÉROS

On s'appuiera, pour accentuer cet aspect de l'œuvre, sur l'expression « notre héros » maintes fois répétée par Stendhal. « Héros » peut du reste s'entendre aux deux sens du terme.

• *Fabrice, héros du roman*

Fabrice est le héros de l'intrigue : Stendhal invoque « l'exemple de beaucoup de graves auteurs » pour se justifier d'avoir commencé l'histoire de son héros « une année avant sa naissance » (p. 30) : il eût donc été naturel, à l'en croire, que la durée du roman coïncidât exactement avec la durée de la vie de Fabrice. C'est d'autre part aux côtés de Fabrice, ou par ses yeux, que nous vivons presque toute l'histoire, soit que de nombreux monologues nous fassent connaître ses états d'âme, soit qu'on se détache au contraire de lui pour mieux observer son comportement (ainsi son arrivée en prison au début du chapitre 15). Les déplacements du centre d'intérêt vers la Sanseverina aux chapitres 6, 21 ou 24 sont provisoires, et il semble qu'un intérêt supérieur pour Fabrice conduise alors Stendhal à se détourner de son héros : on porte les yeux vers qui aime Fabrice, et qui cherche à le faire évader. Le monologue de Clélia au chapitre 15 surprend davantage dans la mesure où Fabrice ne s'est jusqu'alors guère soucié de l'existence de la jeune fille : cette rupture de perspective traduit la liberté du narrateur, plus lucide que son personnage, et qui nous laisse pressentir, au moment où Fabrice pénètre dans sa prison, que commence un grand amour. On s'intéresse à Fabrice, ou à qui s'intéressera bientôt à lui. La référence à Fabrice justifiera aussi bien l'introduction de tel ou tel personnage au milieu de l'intrigue : « Comme ce personnage va prendre une assez grande influence sur la destinée de Fabrice, écrit Stendhal en présentant Rassi, on peut en dire un mot » (p. 295).

• L'héroïsme de Fabrice

Mais Fabrice est aussi un héros au sens le plus courant du terme et justifie donc pleinement la lumière dont il bénéficie. Marqué à jamais par les belles illustrations qui lui rappelaient la gloire de ses ancêtres, il a, sans même le savoir, fait preuve d'héroïsme en s'engageant dans le feu de l'action à Waterloo, il montrera tout au long de sa vie un tempérament hardi et chevaleresque, avant de s'élever, à la fin du roman, à une forme de sainteté.

C'est à l'épanouissement de ce héros que nous fait participer Stendhal. La noblesse de Fabrice n'est pas, en effet, réduite à une marque de baptême : son évolution fait de *La chartreuse* une sorte de roman d'éducation. Ne sous-estimons pas, bien sûr, les grâces dont Fabrice est doté au départ : elles sont supérieures à celles des autres héros de Stendhal. Il monte bien à cheval (voir p. 63 : « Fabrice, qui montait fort bien... »; on sait, à l'inverse, les déboires que vaut à Julien Sorel et à Lucien Leuwen leur inexpérience équestre), il réussit aussi bien dans l'étude quand il s'y essaie que dans l'éloquence; surtout, Stendhal paraît lui avoir attribué toutes les heureuses dispositions dont la nature l'avait lui-même privé : Fabrice est grand (cinq pieds cinq pouces, soit 1 m 77) et élancé (Stendhal souffrait de la médiocrité de sa taille et de son embonpoint); il plaît à toutes les femmes (sa tante, Clélia, la geôlière, la vivandière, Aniken, Marietta, la Fausta, Anetta Marini) : Stendhal à l'inverse n'avait rien d'un Don Juan; Fabrice enfin ne montre rien de cette timidité qui empoisonna toute la vie de Stendhal. Cet être béni des dieux témoigne pourtant d'une légèreté et d'une ignorance qui réclament l'indulgence du lecteur : Stendhal ne se fait pas faute de la solliciter; mais il fait alors songer à ces parents qui se plaignent de leurs enfants pour mieux quêter des compliments : par ces « péchés » de jeunesse, il entend évidemment rendre son Fabrice plus attachant.

De ces défauts, la vie n'aura d'ailleurs guère raison. Ainsi Fabrice peut-il bien apprendre à son grand étonnement qu'il faut payer pour s'enrôler dans une armée, qu'un patriote trop sincère passe bientôt pour un espion, et qu'on peut se faire voler son cheval par des compagnons pour lesquels on aurait donné sa vie : sa naïveté demeurera intacte, puisqu'on le voit, au chapitre 12, tenter de persuader Ludovic que son innocence sera bientôt proclamée du moment qu'il n'est pas coupable. Nature dominée par l'instinct (« Il est vraiment *primitif* » dit de lui le comte Mosca à la duchesse, p. 209), il y revient dans toutes les graves circonstances de sa vie (ainsi p. 103 : « En ce moment de passion, Fabrice oubliait tout ce qu'il avait appris sur les règles de l'honneur, et revenait à l'instinct, ou, pour mieux dire, aux souvenirs de la première enfance »); tempérament romanesque, il paraît se corriger à l'épreuve de la souffrance (« La quantité de sang qu'il avait perdue l'avait délivré de toute la partie romanesque de son caractère » (p. 97), mais retrouve dans le bonheur le fond de son caractère (« Son âme s'occupait avec ravissement à goûter les sensations produites par des circonstances romanesques (...) Le réel lui semblait encore plat et fangeux », p. 189). Tout le roman durant, Fabrice ne cesse de recevoir des leçons de la vie (p. 521 encore : « Ce fut une grande leçon de philosophie pour Fabrice... »), sans rien perdre de ces traits d'enfance par lesquels Stendhal voulait le faire encore mieux aimer.

A supposer qu'il y ait éducation, elle est donc manquée : si toutefois on entend par éducation la soumission de la personnalité aux réalités sociales et à l'opinion du plus grand nombre; si l'éducation véritable consiste au contraire à s'épanouir et à laisser percer son moi profond, celle de Fabrice apparaît alors comme exemplaire. Il fait encore partie de son caractère enfantin de se demander, à Waterloo, s'il assiste à une vraie bataille, ou, devant l'angélique douceur de la Fausta : « Serait-ce enfin là de l'amour ? » (p. 260) : l'expérience lui apprendra qu'il est né pour *vivre* les choses, non pour les nommer. « Combien de gens, écrit la Rochefoucauld, n'auraient jamais été amoureux s'ils n'avaient entendu parler de l'amour ? » En avoir entendu parler égare Fabrice. Impuissant à aimer quand il se conforme à ce que les hommes appellent les plaisirs de l'amour, il est surpris par l'amour quand sa destinée le soustrait aux conventions du monde et le met, en prison, face à face avec lui-même. De même cherche-t-il, dans sa cellule, à se conformer à l'image qu'il se fait d'un prisonnier. En vain. Il « oublie » d'être « malheureux » (p. 309) ou « en colère » (p. 360), et l'originalité de sa nature, qui lui fait trouver le bonheur où d'autres atteindraient le fond du désespoir, finit par l'emporter sur ses touchants efforts pour être comme tout le monde.

LE ROMAN D'UNE SOCIÉTÉ

Mais à la différence de Julien Sorel, dont l'âme se distingue d'une société dominée par des intérêts sordides, et qui ne rencontre que des affections ambiguës, précaires, ou qu'il ne sait pas apprécier à leur juste valeur, Fabrice, Italien de naissance, s'enrichit des qualités de son entourage. Les autres personnages du roman (la Sanseverina, Mosca, Clélia...) sont mieux que ses faire-valoir. L'élévation d'âme de l'un d'entre eux élève aussi bien ses compagnons, tant ils paraissent unis par des traits fondamentaux qui les apparentent les uns aux autres : une façon d'être, une « race », un je ne sais quoi qui fait les âmes d'élite. Qu'il ne se limite pas à l'étude de Fabrice, Stendhal l'indique assez clairement quand il écrit : « Nous sommes forcés d'en venir à des événements qui sont de notre domaine, puisqu'ils ont pour théâtre le cœur des personnages » (p. 468). Les qualités de cœur de Fabrice sont au cœur du roman, mais celles de ses amis retiendront aussi bien l'attention, voire celles de figures épisodiques : Ferrante Palla bien sûr, mais aussi le jeune prince (p. 474), l'archevêque Landriani (p. 345), d'autres encore. Le marquis Crescenzi est un « homme honnête » (p. 509), le chanoine Borda rachète par son « ouverture de cœur » une faute antérieure (p. 116) et les prévenances du geôlier Grillo à l'égard de Fabrice témoignent en sa faveur, même si elles ne sont pas tout à fait désintéressées. *La chartreuse* ne présente pas, comme on le croit parfois, une étroite coterie en regard de laquelle le reste de l'humanité serait réduit à la caricature : Stendhal, amoureux de son sujet, amoureux de l'Italie, cherche tous les signes capables d'attester de la qualité d'âme de ses créatures.

Qui résiste aux trésors d'indulgence du narrateur ne mérite évidemment aucun recours. La bassesse de Fabio Conti, celle du fiscal Rassi font l'objet de charges répétées. De même la verve de Stendhal s'aiguise-t-elle contre tous les ridicules sociaux et mondains. *La chartreuse* est le roman d'une société qui porte la marque de son temps et de son lieu, et il y a presque du Proust dans certains portraits de la cour (ainsi la marquise Balbi : « Elle prétendait à une finesse sans bornes, et toujours souriait avec malice ; elle avait les plus belles dents du monde, et à tout hasard n'ayant guère de sens, elle voulait, par un sourire malin, faire entendre autre chose que ce que disaient ses paroles », p. 143), ou dans le regard à la fois complice et démystificateur que jette le comte Mosca sur l'étiquette à laquelle obéissent ses pairs (« Il eût craint, explique le comte à la duchesse parlant du Prince, en vous faisant l'accueil auquel je m'attendais et qu'il m'avait fait espérer, d'avoir l'air d'un provincial en extase devant les grâces d'une belle dame de la capitale », p. 139). On se souviendra que Vigny, qui n'appréciait guère *La chartreuse*, la trouvait néanmoins pleine « d'observations très fines sur le monde diplomatique [1] ».

A la fois juge et partie de la haute société de Parme, le comte Mosca s'en révèle un témoin éclairé. Mais c'est encore Fabrice qui, grâce à sa naïveté, découvre le mieux, à la manière de Candide ou de l'Ingénu, les bizarreries du monde qui l'entoure, qu'il s'agisse des mœurs de la guerre ou des moyens de s'élever dans l'échelle sociale. A moins qu'il ne se sente à l'unisson avec des âmes simples et bonnes, comme l'hôtesse qui soigne ses blessures, Ludovic et sa maîtresse, voire les comédiens de la troupe dont fait partie Marietta. Stendhal, nous y reviendrons, pensait que la vertu de l'âme italienne de la Renaissance s'était mieux propagée, jusqu'au XIXe siècle, dans le peuple que dans la haute société. Si les « grands » de Parme sont donc peints par Stendhal tels qu'ils devraient être, les humbles sont peints tels qu'ils sont. On ne s'étonnera pas que, nostalgique de l'Italie des Farnèse, mais témoin et amoureux de l'Italie de son époque, Stendhal ait donné une telle place, dans *La chartreuse*, à la vie des petites gens.

Cette diversité des figures et des milieux représentés dans *La chartreuse* ne va pas sans difficulté. Elle nuit à l'homogénéité du roman. On a l'impression, comme dans certains romans picaresques, de voir défiler de manière un peu gratuite des tableaux peints pour le plaisir. La remarque vaut

1. *Journal d'un poète*, 8 juin 1839.

même pour des personnages qui tiennent un rôle relative-
ment important dans l'intrigue : le Prince, Gonzo, voire
Ferrante Palla. Stendhal paraît les convoquer sur le devant
de la scène quand le besoin s'en fait sentir, puis s'en débarrasse
sans façons une fois leur mission accomplie.

UN ROMAN HISTORIQUE

● *Réalité et fiction*

Ce roman d'une société n'est qu'en partie fictif. Il est en tout
cas daté et situé, et certaines indications ont valeur historique.
Les trois premières pages du livre (jusqu'à l'apparition de
l'imaginaire lieutenant Robert) ne doivent rien à l'invention,
et G. Lukacs trouve « très instructif de lire les premiers
chapitres de *La chartreuse de Parme* de Stendhal, pour voir
quelle impression durable a suscitée la domination française
en Italie septentrionale [1] ». Le récit de la bataille de Waterloo
constitue également un document intéressant. Sans doute,
maints critiques l'ont souligné, Stendhal nous fait-il assister à
une curieuse bataille, vue par l'œil d'un spectateur naïf et
inexpérimenté. Mais faire participer le lecteur à une bataille,
non du point de vue de Sirius, mais de celui d'un soldat,
n'était-ce pas une manière de renouveler le roman historique
plutôt que de rompre avec lui ? Ainsi paraît suggérée l'idée
que tout participant d'un combat se distingue de Fabrice,
personnage témoin, par ses prétentions plutôt que par une
réelle lucidité. Tolstoï se souviendra, dans *La guerre et la
paix*, de la leçon de *La chartreuse*, et la description de la
bataille d'Austerlitz par Pierre Bezoukhov de son poste
d'observateur relève d'une volonté de démystification : les
grandes batailles, avant d'entrer dans l'histoire officielle ou
l'imagerie d'Épinal, se réduisent souvent à une série d'escarmouches. On notera toutefois que Tolstoï entend détruire
du même coup la légende du génie militaire de Napoléon,
servi, selon lui, par les circonstances, et témoin aussi borné
que quiconque des grandes manœuvres qu'il était censé
diriger. Stendhal, au contraire, nourrissait son admiration

1. G. LUKACS, *Le roman historique*, éd. Payot, p. 24.

pour Napoléon de la croyance que seul un général d'exception comme lui pouvait englober de l'intelligence et du regard le spectacle qui s'offrait morcelé à ses compagnons d'armes.

Quand il parle de l'Italie, de la mosaïque de duchés et de principautés qui la composaient alors, Stendhal ne respecte évidemment plus aussi rigoureusement la vérité des faits. Demeure-t-il seulement dans les limites du roman historique ? Non, si l'on s'en tient au roman historique tel que le conçoivent Walter Scott et ses émules, c'est-à-dire une œuvre qui donne la première place à des personnages de fiction, mais les insère dans un cadre historique incontestable. Les souverains de royaume sont dans *Quentin Durward* et *Ivanhoé*, par exemple, ceux dont l'histoire nous a légué les noms, et le romancier ne fait, quand il les décrit, qu'illustrer ou accuser des traits physiques ou moraux universellement connus. Stendhal, lui, invente jusqu'aux noms des princes de Parme, à plus forte raison de leur premier ministre, dont il fait l'un des principaux personnages du roman, et à qui il prête une action diplomatique datée, localisée, et pourtant tout à fait imaginaire. La petite taille de la principauté de Parme excuse, il est vrai, une telle licence (peu de lecteurs seront assez informés pour s'étonner de ces substitutions de noms). L'essentiel demeure, aux yeux de Stendhal, que soient rendus avec fidélité l'atmosphère et l'esprit qui régnaient dans les petites cours italiennes du début du siècle. De ce point de vue, il a sans doute vu juste : la morgue jalouse de ces petits souverains, les intrigues, les querelles de partis, et jusqu'à certains détails matériels, comme l'importance, quand on voyage d'un État à l'autre, de posséder un passeport en règle.

• *Point de vue du narrateur*

Les romanciers traditionnels (ceux qui ne se livrent pas à une réflexion sur l'écriture en même temps qu'ils écrivent) feignent toujours de raconter une histoire qui existerait de toute façon sans eux : ils masquent leurs talents de créateurs, et se font passer pour des miroirs. Stendhal, dans *La chartreuse*, pousse très loin cet artifice. Tout se passe comme s'il avait été le témoin d'une histoire très complexe, dont il désespérerait de rendre un compte exact au lecteur. Parfois il s'y résigne mal : tant pis si « le lecteur trouve bien longs, sans doute, les récits de toutes ces démarches que rend nécessaires l'absence d'un passeport » (p. 239); plus souvent, la longueur d'un passage résulte d'un compromis entre la vérité historique et ce que peut supporter la patience du lecteur (« Le lecteur trouve cette conversation longue : pourtant nous lui faisons grâce de plus de la moitié », p. 341); plus souvent encore, il faut savoir gré à Stendhal d'abréger au point de ne retenir de la réalité « historique » qu'une illustration, ou un fait exemplaire (« Ces contes, et vingt autres du même genre et d'une non moindre authenticité, intéressaient vivement Mme Pietranera », p. 126; « cette lettre contenait encore cinq ou six pages de détails », p. 407). Cette manière de présenter les choses est, quand on y songe, bien étrange : que dirait-on d'un peintre qui feindrait d'avoir pour tâche, non de créer à l'intérieur de son cadre, mais d'éliminer ce qui en déborde ? Ce faisant, Stendhal joue au chroniqueur, qui ouvre une fenêtre sur une réalité vécue plutôt qu'il ne compose un roman; car c'est bien d'une chronique plus encore que d'un roman que Stendhal veut donner l'illusion (la chronique supposant une composition moins concertée, une soumission plus grande à la réalité).

On notera cependant (faut-il le mettre au compte des négligences dont nous avons fait état ?) que Stendhal n'adopte pas dans son récit un point de vue bien homogène. Il prétend, au début du roman, être informé d'une partie de son histoire grâce au lieutenant Robert (voir p. 24 : « ... me disait le lieutenant Robert »). Quand Fabrice s'évade, il feint de tenir de Fabrice lui-même les détails de son évasion (voir p. 441 : « Fabrice a dit que... »; p. 442 : « Il raconte que... »); attitude logique : Fabrice seul peut savoir ce qu'il sentait et souffrait, accroché à sa corde. Mais en bien d'autres occasions, Stendhal se tient à l'opposé de ce réalisme subjectif : il devient le romancier omniscient, capable de percer au jour les secrètes pensées, non seulement de ses héros, mais d'un Grillo ou d'un Rassi. Sa pénétration d'un personnage aussi épisodique que Riscara lui permet d'éclairer les moindres intrigues de cour : « Le chevalier Riscara détestait le fiscal Rassi qu'il accusait de lui avoir fait perdre un procès important dans lequel, à la vérité, lui Riscara avait tort. Par Riscara, le prince reçut un avis anonyme qui l'avertissait qu'une expédition de la sentence de Fabrice avait été adressée officiellement au gouverneur de la citadelle, etc. » (p. 412). La bataille de Waterloo vue par le seul œil de Fabrice fait elle-même figure de parenthèse, comme si Stendhal y procédait à une expérience. Ainsi, avant que la bataille ne débute vraiment, l'historien remplit-il son rôle en reconnaissant dans le bruit d'une canonnade « les préliminaires de Waterloo » (p. 56) : Fabrice ne peut encore connaître la bataille sous ce nom ; puis l'événement terminé, Stendhal décrit aussi bien ce qui se passe pendant le sommeil de son héros (voir p. 75).

UN ROMAN D'AMOUR

● *De la théorie au roman*

Un procédé habituel du roman historique consiste à subordonner les ressorts les mieux connus de la politique à de mystérieuses affaires, de cœur le plus souvent, demeurées jusqu'alors ignorées. Alexandre Dumas, par exemple, révèle à ses lecteurs le rôle qu'auraient joué les amours de d'Artagnan dans les rapports de Richelieu avec les protestants et les Anglais. A cet égard aussi, *La chartreuse* s'apparente au roman historique : Stendhal y montre des princes dont les décisions les plus graves sont dictées par l'amour. Ainsi, au chapitre 27, apprend-on que le jeune Ranuce-Ernest V a opéré un important remaniement ministériel pour se venger de la Sanseverina et par jalousie envers le comte Mosca. Mais ces noms sont faux, et les affaires de Parme trop futiles pour que notre vision de l'Histoire s'en trouve modifiée : l'essentiel réside ici dans les rapports amoureux eux-mêmes, non dans les orientations politiques qu'ils déterminent.

Sur l'amour, Stendhal a écrit un traité célèbre. Gardons-nous pourtant de vouloir élucider à tout prix les sentiments des personnages de *La chartreuse* à l'aide d'un ouvrage composé sous le coup d'une déception personnelle près de vingt ans auparavant, et, à l'exemple de Zola, de voir avant tout dans le roman « une application des théories de Stendhal sur l'amour ». Dans *De l'amour*, Stendhal se faisait analyste, et ne laissait rien dans l'ombre des cas qu'il étudiait ; l'un des charmes de *La chartreuse* est au contraire que le romancier donne suffisamment d'épaisseur à ses personnages pour demeurer parfois au seuil de l'explication psychologique. « Il y avait certainement de l'amour dans la lettre adressée à la petite Aniken » lit-on p. 101 : mais au juste, nous n'en savons rien ; cette incertitude, qui nuit à l'exactitude de l'analyse, contribue au mystère du caractère de Fabrice. A plus forte raison l'amour de la Sanseverina pour son neveu échappet-il à toute élucidation. Il est seulement certain que sa passion n'abandonne jamais la duchesse, guide tous ses actes et entraîne sa mort (« Elle ne survécut que fort peu de temps à Fabrice, qu'elle adorait... », p. 574) ; peut-on imaginer plus parfait contresens que celui de Zola, qui voit la Sanseverina « prise d'un coup de passion pour son neveu Fabrice » avant de subir d'autres amours [1] ? Ce sentiment durable (tout le contraire d'un *coup* de passion), où entrent de la sollicitude maternelle et presque de l'inceste, la Sanseverina se l'avoue à peine sous ce nom, et le romancier ne défigure jamais par le scalpel de l'analyse ce qu'il a souvent de fou, d'entraînant et de peu lucide. Ose-t-il une fois formuler la question ? Il la laisse buter sur un point d'interrogation auquel il ne donnera pas de réponse (« La duchesse se hâta de descendre chez elle. A peine enfermée dans sa chambre, elle fondit en larmes ; elle trouvait quelque chose d'horrible dans l'idée de faire l'amour avec ce Fabrice qu'elle avait vu naître ; et pourtant, que voulait dire sa conduite ? », p. 184).

Faut-il, poursuivant l'examen du roman à la lumière du traité, deviner avec H. Martineau [2] de l' « admiration » chez Fabrice le jour où il aperçoit pour la première fois la toute jeune Clélia (p. 108) ? Ainsi serait accomplie la première phase de la fameuse « cristallisation [3] ». « On sait, affirme H. Martineau à l'appui de son idée, le profond et constant amour que Fabrice del Dongo, *à dater de ce jour*, va vouer à Clélia Conti ». Mais durant de nombreuses années Fabrice oubliera Clélia, et il ne manifestera guère d'émotion quand il la reverra à son entrée en prison. Il paraît donc hasardeux, calquant la théorie sur le roman, d'imaginer Fabrice amoureux quand Stendhal s'efforce au contraire pendant la pre-

1. É. ZOLA, *Les romanciers naturalistes*, in Œuvres complètes, Cercle du livre précieux, t. 11, 1968, p. 87.
2. Voir note de l'édition des Classiques Garnier, p. 580.
3. D'après *De l'amour* (1,2), « opération de l'esprit, qui tire de tout ce qui se présente la découverte que l'objet aimé a de nouvelles perfections ».

mière partie du roman de prouver son incapacité à rencontrer l'amour (ainsi justifie-t-il, nous l'avons vu, l'épisode de la Fausta). Dans ce même épisode, il est vrai, Stendhal paraît se contredire en proclamant Fabrice « amoureux de la Bettina » (p. 272) : raison de plus pour penser que les sentiments acquièrent dans le roman une marge d'indétermination plus grande que n'en laissait supposer le traité[1]. Par leurs ombres, les personnages de *La chartreuse* s'apparentent tous plus ou moins à ces tableaux du Corrège dont Stendhal s'est de son propre aveu inspiré pour composer sa Clélia : « Le Corrège, écrit-il à Paul-Émile Forgues en juillet 1838, arrive à ce *clair-obscur* qui l'a rendu immortel au moyen d'*ombres vraies* produites par les corps qu'il met en scène. »

- ● *Où « La chartreuse » vérifie « De l'amour »*

Il n'empêche, bien sûr, que l'évolution des sentiments des personnages de *La chartreuse* recoupe ici ou là telle phase de la « cristallisation » : l' « admiration » avec laquelle la Sanseverina découvre en Fabrice « un homme » (p. 216), les « doutes » qui retiennent Fabrice, trop amoureux de lui-même, de croire à l'amour de Clélia (p. 370 : « Si Fabrice ne l'eût pas tant aimée, il eût bien vu qu'il était aimé »), la jalousie du comte Mosca, la « pique » de vanité qui entraîne Fabrice à courtiser la Fausta (voir p. 259) seront commentés avec profit à l'aide de telle ou telle page de *De l'amour*. Mais on se souviendra que le livre I du traité, consacré à l'évolution et aux variantes du sentiment amoureux, s'achève par un chapitre intitulé *Remèdes à l'amour* (on ne s'en étonnera pas, puisque Stendhal a voulu, en écrivant *De l'amour*, se guérir de sa passion malheureuse pour Métilde Dembowska); alors que *La chartreuse*, à la prendre sous son jour le plus simple, — même si cette évidence est obscurcie par la rapidité de la fin, — est le roman de trois personnes qui meurent d'amour : deux d'entre elles (Fabrice et la Sanseverina) par consomption, la troisième (Clélia) parce que l'amour l'a rendue infidèle à son vœu. En faisant du comte Mosca

1. Méfions-nous en outre de l'emploi très élargi, à la manière italienne, du verbe « aimer » : ainsi Fabrice dit-il à la Sanseverina, par signaux lumineux: « Fabrice t'aime » (p. 392), pour lui exprimer sa tendresse. Car il est dans le même temps éperdûment amoureux de Clélia.

le seul survivant de la tragédie, et en l'imaginant « immensément riche » (p. 574), Stendhal le situe un peu en retrait par rapport aux trois autres personnages : lui paraît du moins avoir découvert les « remèdes à l'amour »; mais Stendhal ne nous dit pas lesquels. *La chartreuse* est avant tout le roman de ceux qui poussent à leurs limites le bonheur et le malheur d'aimer.

En définitive, les pages de *De l'amour* qui trouvent dans *La chartreuse* la plus fidèle illustration sont celles qui touchent à l'amour en Italie, ou, par contraste, à l'amour en France. Il faut dire que si le Stendhal de la cinquantaine ne pense plus tout à fait ce que pensait de l'amour celui de la trentaine (l'âge paraît lui avoir donné des idées plus folles et plus romanesques), un point du moins n'a guère varié : son goût de l'Italie. On ne compte plus les endroits (dans *De l'amour*, *La chartreuse*, mais aussi bien dans ses récits de voyage) où Stendhal dénonce la part de la vanité dans les sentiments amoureux des Français. Les Italiens, à l'opposé, savent aimer sans crainte du ridicule. « L'amour, écrit Stendhal à Paul-Émile Forgues dans la lettre déjà citée de juillet 1838, est un *ridicule* en France. » Stendhal, se situant parfois du côté français, souligne certains ridicules de la duchesse; mais parfois aussi, le ridicule d'un personnage, évident aux yeux d'un lecteur français, est présenté sans commentaire par un narrateur acquis à la mentalité italienne. Que penser du dialogue, au chapitre 21, où Ferrante Palla et la Sanseverina échangent des mots définitifs, une fois mis au point les détails de l'exécution du prince ? A deux reprises, la duchesse rappelle le poète au moment où il franchit le seuil : « Ferrante ! homme sublime ! » s'écrie-t-elle une première fois. Une deuxième fois, Ferrante s'évanouit presque de bonheur en se jetant dans les bras de la duchesse. On est à la frontière du sublime et du grotesque : Français ou Italien, le lecteur fera basculer la scène dans un sens ou dans l'autre. De même faut-il être Italien, comme la duchesse, pour refuser la main d'un prince sous prétexte qu'on a peur de s'ennuyer avec lui (voir p. 542 : « La duchesse n'hésita pas un instant; le prince l'ennuyait, et le comte lui semblait parfaitement aimable »). Ailleurs, elle eût accepté (« La France, écrit Stendhal, est le pays du monde où il y a le moins de mariages d'inclination », *De l'amour*, II, 43). Il faut encore être Italien pour aimer, comme le comte Mosca, avec le cœur d'un Roméo quand on a atteint la cinquantaine.

Plus complexe apparaît le cas de Clélia, qui illustre un autre développement du traité, en vertu duquel l'amour n'offre pas chez les deux sexes des symptômes identiques. Clélia a beau être italienne : elle n'échappe pas à la loi de son sexe, il y a de la pudeur dans son comportement, et il lui faut, pour justifier à ses propres yeux son intérêt pour Fabrice, se persuader qu'il est de son devoir de sauver une vie en péril. Mais seule une Italienne peut ensuite se moquer à ce point des convenances, au su d'un geôlier, et aller jusqu'au bout de sa passion. De l'amour nous enseigne que l'éducation donnée en France aux jeunes filles ne saurait permettre tant d'audace. L'italianisme de Clélia explique toutefois dans le même temps qu'elle attache autant de prix à un vœu offert à la Madone. Du conflit qui oppose ces deux formes extrêmes et irréconciliables de l'âme italienne de Clélia résulte la mort tragique de l'héroïne.

UN ROMAN D'AVENTURES

Mais on trahit La chartreuse si on n'en retient que l'aspect tragique, et si l'on n'en traduit aussi la fantaisie. Sans doute la cour de Parme, les intrigues de palais, les sombres histoires d'espions sont-elles observées d'après nature. Mais Stendhal charge le ridicule du souverain, il se délecte à entrer dans le détail des conspirations, il développe pour le plaisir tout ce qui est poursuites, dissimulations, périlleux passages de frontières. Les dimensions réduites du théâtre nuisent à son sérieux.

Fabrice tient lui-même beaucoup du héros de cape et d'épée. Ses métamorphoses et ses déguisements (marchand de baromètres sur le chemin de Waterloo, coiffé d'une perruque rouge quand il courtise la Fausta, un temps chaussé des bas violets de Monsignore, costumé en paysan quand il brûle de regagner sa cellule...) distraient avant d'édifier. On craint pour sa vie (le duel de Julien Sorel peignait dans Le rouge et le noir un trait de mœurs et un aspect du caractère du héros : le duel de Fabrice avec Giletti est décrit pour le plaisir, afin de nous tenir en haleine); en prison, on craint le poison, on suppute les chances d'évasion. La description de la citadelle elle-même ne correspond ni à une volonté de reconstitution historique, ni à une information nécessaire à la compréhension de l'intrigue : Stendhal accumule par goût les détails qui flattent l'imagination, font rêver, ou donnent le frisson. Ainsi la tour où Fabrice est enfermé est-elle construite sur la terrasse d'une autre tour, et sa cellule est-elle doublée, à l'intérieur, d'une autre cellule qui forme caisse de résonance et donne l'alarme en cas d'évasion ; une double prison, doublement élevée au-dessus du sol : la surenchère est aussi systématique que dans certains contes d'aventures pour enfants.

Les rencontres manquées, les coïncidences, les événements prémonitoires foisonnent : il s'en faut d'un rien qu'à Waterloo Fabrice ne rencontre le lieutenant Robert, qu'on peut supposer être son père. Stendhal tire parfois parti des dimensions « lilliputiennes » de son théâtre italien : il n'est pas trop invraisemblable que le douanier qui vise le passeport de Fabrice soit précisément un ami de Giletti. Du moins ces dimensions servent-elles joliment les correspondances voulues à l'intérieur de l'intrigue : sur la route de Milan, Fabrice rencontre une première fois Clélia Conti avec accompagnement de gendarmes (voir p. 108) ; situation prémonitoire. De même la duchesse, ravie, passe-t-elle plusieurs heures sur l'esplanade de la tour Farnèse qui fera bientôt son malheur (p. 145). Enfin et surtout, la destinée de Fabrice, figurée par le marronnier planté l'hiver de sa naissance, est inscrite dans les astres : l'abbé Blanès a su la déchiffrer, et s'éteint sa mission terminée, quand il en a instruit Fabrice. La science de l'abbé Blanès, authentifiée par le déroulement de l'intrigue, colore l'histoire entière ; elle donne consistance et vérité, aussi bien, au signe aperçu par Fabrice au bord du lac de Côme : « un aigle, l'oiseau de Napoléon », qui « volait majestueusement, se dirigeant vers la Suisse et par conséquent vers Paris » (p. 49). « Miroir qu'on promène le long d'un chemin » à l'époque du *Rouge et le noir*, le roman est devenu, pour Stendhal vieillissant, un miroir que l'on laisse errer dans les dédales de l'imagination et de la fantaisie.

Un roman pour qui? 5

« TO THE HAPPY FEW »

La chartreuse s'achève par une dédicace : « To the happy few » (qu'on peut traduire par : « A l'heureuse élite »). On la trouvait déjà à la fin des *Promenades dans Rome* et du *Rouge et le noir*. H. Martineau rappelle les sources possibles de l'expression : un vers de Shakespeare, dans *Henri V* (acte IV, sc. 3) : « We few, we happy few, we band of brothers... », ou plus probablement, un passage du *Vicaire de Wakefield*, d'Oliver Goldsmith (chap. 2), où l'on voit le vicaire espérer que ses œuvres seront lues un jour par les *happy few;* or, ainsi que le note H. Martineau, Stendhal avait appris par cœur vers 1805 les premiers chapitres de ce roman, alors fameux, pour perfectionner son anglais. Les *happy few*, ce sont, à en croire sa lettre à Crozet du 28 septembre 1816, les « âmes sensibles »; de même parle-t-il dans ses *Promenades dans Rome* des « âmes bonnes et tendres (...) pour lesquelles seules on écrit », ou, dans *De l'amour*, des « âmes qui sentent ». Ces âmes qui le comprendront, il les évalue parfois à trois ou quatre (*Journal*), parfois à trente ou quarante (*De l'amour, Rome, Naples et Florence, Chroniques italiennes*), au plus à une centaine (*De l'amour* [1]). Au début des *Souvenirs d'égotisme*, il formule l'espoir que « ces quelques feuilles paraîtront imprimées et seront lues par quelque âme que j'aime, par un être tel que Mme Roland ou M. Gros, le géomètre ». Mais les *Souvenirs* s'adressent à la postérité : « Les yeux qui liront ceci s'ouvrent

---

1. Voir sur cette question G. BLIN, *Stendhal et les problèmes de la personnalité*, p. 412-413.

à peine à la lumière, je suppute que mes futurs lecteurs ont dix ou douze ans [1]. » *La chartreuse*, pourtant, éditée de son vivant et destinée à ses contemporains, ne le montre guère plus optimiste, encore qu'il soit difficile de faire la part, dans son attitude, de l'authentique orgueil d'aristocrate et de la prudence de qui se croit voué à l'insuccès.

Écrire un roman pour l'élite, pour les « âmes sensibles », cela signifiait évidemment, dans le cas de Stendhal, présenter des héros qui eussent eux-mêmes une âme sensible et élevée, et dans lesquels de rares privilégiés se reconnaîtraient. Flaubert révélera quelques années plus tard qu'on peut faire du beau avec du laid, et tendre vers un idéal esthétique en transfigurant l'insignifiance de la vie quotidienne. La médiocre Emma Bovary deviendra alors une héroïne exemplaire aux yeux des lecteurs les plus distingués. Mais on ne pense pas ainsi à l'époque de Stendhal, et Stendhal moins que tout autre, lui qui reprochait à un peintre flamand d'avoir choisi pour sujet d'un de ses tableaux une « cuisinière ratissant le dos d'un cabillaud ». Compter parmi les *happy few*, ce n'est pas goûter la mise en œuvre romanesque d'un personnage de fiction et de son univers : c'est aimer Fabrice comme s'il existait vraiment, se passionner pour la Sanseverina, et rêver de l'Italie. Dégager la morale des *happy few*, c'est donc prendre parti pour ou contre les héros représentés, justifier ou déplorer tel de leurs actes, et Stendhal ne se prive pas de descendre lui-même dans l'arène, se faisant tour à tour l'avocat ou l'accusateur de ses créatures.

LES AMBIGUÏTÉS DE LA MORALE

Plutôt que comme un autre lui-même, Fabrice apparaît un peu comme un fils chéri de Stendhal, un fils pour qui on a toutes les indulgences. Les passages mêmes où Stendhal feint de « gronder » son protégé contribuent à renforcer cette façon de voir; ainsi l'épisode de la Fausta : « C'est avec regret, écrit Stendhal, que nous allons placer ici l'une des plus mauvaises actions de Fabrice » (p. 259).

Le ton se fait plus sévère envers la Sanseverina. Page 431

1. *Souvenirs d'égotisme*, chap. 1, Pléiade, p. 1427.

est dénoncée « la tentative si criminelle de la duchesse » (elle a fait donner une forte dose de narcotique au père de Clélia); plus encore, sa décision de provoquer l'attentat contre le prince est-elle formellement condamnée : « Ce fut dans ce village que la duchesse se livra à une action non seulement horrible aux yeux de la morale, mais qui fut encore bien funeste à la tranquillité du reste de sa vie » (p. 445). L'avertissement du roman avait déjà donné le ton : « J'avouerai, y écrivait Stendhal, que j'ai eu la hardiesse de laisser aux personnages les aspérités de leurs caractères; mais, en revanche, je le déclare hautement, je déverse le blâme le plus moral sur beaucoup de leurs actions »; position réaffirmée dans la phrase qui clôt l'avertissement : « L'aimable nièce du chanoine avait connu et même beaucoup aimé la duchesse Sanseverina, et me prie de ne rien changer à ses aventures, lesquelles sont blâmables. » Faut-il pourtant prendre ces jugements solennels au pied de la lettre, ou y voir un clin d'œil aux *happy few* ? Le commentaire dont Stendhal assortit son blâme vaut d'être médité : « A quoi bon leur donner la haute moralité et les grâces des caractères français, lesquels aiment l'argent par-dessus tout et ne font guère de péchés par haine ou par amour? » Un passage du chapitre 6 du roman fait écho à ces lignes : « Pourquoi l'historien qui suit fidèlement les moindres détails du récit qu'on lui a fait serait-il coupable ? Est-ce sa faute si les personnages, séduits par des passions qu'il ne partage point malheureusement pour lui, tombent dans des actions profondément immorales ? Il est vrai que des choses de cette sorte ne se font plus dans un pays où l'unique passion survivante à toutes les autres est l'argent, moyen de vanité » (p. 137). Ce pays est bien sûr la France, où Stendhal s'est toujours plaint d'être né. Avouons que le « malheureusement pour lui » rend sceptique sur les exclusives morales de l'auteur ! En fait, l'avertissement moralisateur de Stendhal fait un peu songer à l'indication scénique prudemment ajoutée par l'auteur du *Tartuffe* à l'intention de ses lecteurs bien-pensants : « C'est un scélérat qui parle. » Encore Molière ne se forçait-il guère pour blâmer Tartuffe, tandis qu'on peut parier que Stendhal se montre fort hypocrite dans sa condamnation de la duchesse. Si les passions coupables constituent l'indispensable revers de la médaille, si elles témoignent d'un détachement des biens matériels, Stendhal les accueille probablement avec sympathie, lui qui a toujours préféré le crime à la bassesse.

En d'autres endroits du roman, il vend d'ailleurs la mèche, découvrant en Fabrice des « défauts » qu'il eût salués comme de belles qualités en d'autres temps. Faut-il prendre au sérieux cette « crédulité » qui est censée le priver de « la sympathie du lecteur » (p. 186) quand Stendhal fait tout, au contraire, pour le rendre touchant de naïveté ? « Fabrice, lit-on encore page 227, était un de ces malheureux tourmentés par leur imagination ; c'est assez le défaut des gens d'esprit en Italie. » L'excès d'imagination, un défaut ? Quelle image de Stendhal se ferait un lecteur qui s'en tiendrait à ces lignes ! L'aveu de duplicité éclate mieux encore page 187 : « Fabrice avait un cœur italien ; j'en demande pardon pour lui : ce défaut, qui le rendra moins aimable, consistait en ceci : il n'avait de vanité que par accès, et l'aspect seul de la beauté sublime le portait à l'attendrissement, et ôtait à ses chagrins leur pointe âpre et dure. » L'ironie est ici évidente : Stendhal, adoptant le point de vue d'un lecteur français, feint de se défier de qui cède plus volontiers à la beauté qu'à la vanité. Quel jour jette sur l'ensemble du roman un tel passage, et sur ses perspectives prétendûment moralisantes ! On ne peut mieux rendre hommage à la Sanseverina qu'en la condamnant de la même plume par laquelle on sous-estime la beauté. « Hymne immoral et passionné », écrivait M. Barrès de *La chartreuse* : il est des passions qui tiennent lieu de morale.

LES AMBIGUÏTÉS DE LA POLITIQUE

On connaît les sympathies de Stendhal pour la république, et sa haine des Bourbons. Certains l'ont défini comme un « libéral » ; parfois, il ressemble à un jacobin. Le devinerait-on à la lecture de *La chartreuse* ? « *La chartreuse de Parme*, écrit Balzac, a un sens profond, qui n'est certes pas contraire à la monarchie » ; Stendhal pouvait se réjouir sans réserve des éloges du grand romancier, mais l'approbation du penseur légitimiste n'était-elle pas plus inquiétante ?

La philosophie politique de *La chartreuse* laisse perplexe. A la cour de Parme, les sympathies de Stendhal vont sans ambiguïté au clan « ultra ». Tandis que le parti libéral (Fabio Conti, la Raversi...) fait triste figure, le conservatisme éclairé et le loyalisme irréprochable du comte Mosca ne manquent pas d'arguments. Au vrai, on paraît ne se montrer libéral à Parme que par opportunisme : en faisant nommer Fabio Conti gouverneur de la citadelle (p. 153), Mosca entend le forcer à démasquer ses contradictions, raisonnant à la manière de ces conservateurs sceptiques qui pensent qu'un jacobin ministre n'est pas forcément un ministre jacobin : et les arguments que prête le jacobin Stendhal au royaliste Mosca portent loin. Fabrice lui-même, une fois oublié son enthousiasme au demeurant tout sentimental pour Napoléon, accueille favorablement les principes du premier ministre, qui confirment d'ailleurs ceux dans lesquels il a été élevé. La profession de foi qu'il débite en présence du prince pourrait sembler parodique tant elle est réactionnaire (« Les mots *liberté, justice, bonheur du plus grand nombre*, sont infâmes et criminels : ils donnent aux esprits l'habitude de la discussion et de la méfiance », p. 165) ; il n'en est rien : « Il était clair, précise Stendhal, qu'il ne récitait pas une leçon. »

Stendhal met assurément beaucoup de lui-même dans l'aristocratisme de Fabrice. Son amour du peuple lui vint toujours de sa raison plutôt que de son cœur, et le dégoût qu'il prête à Fabrice au moment où celui-ci ne se soustrait qu'avec peine aux mendiants vient sans doute d'un souvenir personnel : « Toute cette foule horriblement sale et énergique criait : *Excellence*. Fabrice eut beaucoup de peine à se délivrer de la cohue ; cette scène rappela son imagination sur la terre. Je n'ai que ce que je mérite, se dit-il, je me suis frotté à la canaille » (p. 245). « Je fus alors comme aujourd'hui, écrit semblablement Stendhal dans *Henry Brulard*, j'aime le peuple, je déteste les oppresseurs, mais ce serait pour moi un supplice de tous les instants de vivre avec le peuple. » La collusion de Stendhal avec les conservateurs ne reçoit cependant pas, ailleurs, les mêmes confirmations : ainsi, celui qui blâme si sévèrement la duchesse d'avoir provoqué l'attentat contre le duc de Parme évoque-t-il, dans *Henry Brulard*, l'exécution de Louis XVI comme « un des plus vifs mouvements de joie que j'aie éprouvés de ma vie ». « Tel j'étais à dix ans, ajoute-t-il, tel je suis à cinquante-deux [1]. » Peut-on

1. *Vie de Henry Brulard*, chap. 10, Pléiade, p. 128.

douter que Stendhal ne préfère ceux qui ont accueilli comme une délivrance l'entrée des Français dans Milan aux sinistres partisans de l'ordre antérieur, symbolisés par le père Del Dongo et son fils aîné ? La sympathie et l'admiration du romancier pour Ferrante Palla, poète de génie, républicain désintéressé, « homme sublime », éclatent elles aussi suffisamment. Surtout, Stendhal se démarque le mieux par son ironie : de même qu'il déversait sur la Sanseverina des blâmes trop sévères pour être bien sérieux, il se fait parfois un partisan trop zélé de la réaction pour qu'on prenne pour argent comptant aucune de ses professions de foi. « Le marquis son père, lit-on p. 32, exigea qu'on lui montrât le latin, non point d'après ces vieux auteurs qui parlent toujours de républiques, mais sur un magnifique volume orné de plus de cent gravures, chef-d'œuvre des artistes du XVIIe siècle ». A moins qu'on ne soupçonne Stendhal d'un grave obscurantisme, son ironie servira ici de guide. A plus forte raison choisit-il ouvertement son camp quand il parodie le langage des servants de la politique autrichienne : nul doute que son cœur aille vers ces « patriotes » que le narrateur, complice de la mauvaise cause, qualifie de « coquins » (p. 29).

Que conclure d'indices aussi contradictoires ? Entre l'admirable Ferrante Palla et son adversaire le sage Mosca (rappelons que le ministre affronte directement le poète pour l'empêcher d'arriver au pouvoir après l'assassinat du prince), le lecteur qui cherche un bréviaire de pensée politique dans *La chartreuse* demeure indécis. Plus encore, qui veut suivre Fabrice comme un modèle est confondu de lui découvrir une pensée à ce point sommaire. Que Stendhal ait choisi de donner à un héros qui lui était aussi cher, une éducation aussi naïve en ce domaine, indique pourtant suffisamment les justes dimensions de la politique dans le roman : on s'y enthousiasme pour un héros (Napoléon) ou pour une idée (la République) aussi bien que pour une femme. Chacun se reconnaît au degré plus qu'à l'objet de son enthousiasme ; leur passion pour la Sanseverina réunit Mosca et Ferrante Palla par-delà leurs divergences idéologiques, comme se trouvent réunis dans la médiocrité ceux qui, libéraux ou conservateurs, se nourrissent d'intrigues et s'asservissent à une étiquette.

RELIGION ET SUPERSTITION

Sa haine du clergé, et particulièrement des jésuites, demeure l'un des traits les plus connus de la pensée de Stendhal. Parfois même, on l'exagère. Ses grands romans, en tout cas, témoignent d'un anticléricalisme assez nuancé. Il s'en explique dans *Henry Brulard* ; la dévotion de sa tante Séraphie, qu'il détestait, l'avait défavorablement influencé envers les prêtres ; « de cette époque (il avait cinq ans) date mon horreur pour la religion, horreur que ma raison a pu à grand-peine réduire à de justes dimensions, et cela tout nouvellement, il n'y a pas six ans ». Il n'y a pas six ans : ces lignes datant de 1835, entendez en 1829. L'année suivante, il composera *Le rouge et le noir*, et sa « raison », mais peut-être aussi le souvenir ému de quelques « bons » prêtres (le père Ducros, « l'aimable abbé Chélan » ; voir *Henry Brulard*, chap. V) lui inspireront les belles figures de l'abbé Chélan (fort différent pourtant de celui qu'il connut dans son enfance) et de l'abbé Pirard. *La chartreuse* le montre mieux encore revenu de ses préventions. L'abbé Blanès, bien sûr, mais aussi l'archevêque Landriani, Don Cesare, le chanoine Bordas même, comptent parmi les personnages estimables du roman.

Il y a plus : si Stendhal donnait, dans *Le rouge et le noir*, l'impression de faire la part du feu (la vertu d'un prêtre ne prouve pas, après tout, la vérité de sa religion), on le croirait, à lire *La chartreuse*, presque converti. Le vœu de Clélia de ne plus voir Fabrice, la casuistique même qui lui permet d'y demeurer fidèle en le rencontrant dans l'obscurité, ne suscitent chez l'auteur aucune ironie. Les grâces rendues par Fabrice dans l'église Saint-Pétrone, son « extrême attendrissement, en présence de l'immense bonté de Dieu » (p. 241) émeuvent sans partage. Sa réclusion dans une chartreuse n'est pas une déchéance, et on peut même supposer que si Stendhal avait donné à la fin du roman l'ampleur que son titre laissait supposer, le vœu monastique de son héros eût terminé sa vie par une sorte d'apothéose. Plus troublantes encore apparaissent les réserves formulées par Stendhal à l'encontre de la religion de Fabrice ; passe encore qu'il joue, un temps, à partager les croyances de ses héros, mais ne le voit-on pas, parlant comme narrateur en son nom propre, prendre ses distances avec tel point de l'éducation jésuitique pour discuter de l'examen de conscience de Fabrice, et, à la manière d'un père de l'Église plutôt que d'un satiriste, donner l'extension qui convient au péché de simonie [1] (p. 242)? H.-F. Imbert a certes montré l'importance et les limites de l'antijésuitisme de *La chartreuse*. Pour combattre les jésuites, Stendhal adopte, comme l'indique H.-F. Imbert, un point de vue, sinon janséniste, du moins parallèle et comparable à la doctrine de Port-Royal [2].

La religion du narrateur ne se borne pourtant pas à une méthode critique qui dénoncerait les manifestations les plus contestables du catholicisme. Elle va plus loin; trop loin, en un sens, pour n'être pas suspecte d'équivoque. Que penser de cet abbé Blanès, qui lit mieux dans les astres que dans son livre de prières? Religion et superstition se touchent de bien près tout au long de *La chartreuse*, et si l'on imagine Stendhal converti à l'une, faudra-t-il admettre qu'il s'est du même coup converti à l'autre? On est tenté de répondre oui, puisque Blanès *a raison* dans ses prédictions. Ce roman d'aventures ressemble même beaucoup à un roman merveilleux : mais comment faire le départ entre la crédulité réelle du narrateur, et celle qu'il feint de garder pour mieux préserver la cohérence d'un monde imaginaire? Notre sentiment est que Stendhal, aussi peu converti à la religion qu'à la divination, s'est ici converti à ce qu'on pourrait nommer l'italianisme : il en respecte l'âme, en épouse la naïveté, et donne, en vertu de son pouvoir de romancier, consistance à ses croyances. Ainsi un conteur pour enfants peut-il créer des miracles : il n'en est pas dupe, mais il lui sera doux, le temps d'une histoire, d'y croire un peu. On est loin du réalisme du *Rouge et le noir* ou de *Lucien Leuwen*. Écrivain d'une ironie mordante, Stendhal se fait ici complice de Fabrice, qui « eût éprouvé une répugnance invincible pour l'être qui eût nié les présages, et surtout s'il eût employé l'ironie » (p. 190). L'ironie est française : « Un Français, élevé au milieu des traits d'intérêt personnel et de l'ironie de Paris, eût pu, sans être de mauvaise foi, accuser Fabrice d'hypocrisie au

1. Est coupable de « simonie » un prêtre qui se livre à des trafics d'argent (mais peut-être aussi bien, dans le cas de Fabrice, à des trafics d'influence) pour obtenir un bien spirituel... ou une charge ecclésiastique avantageuse.
2. H.-F. IMBERT, *Stendhal et la tentation janséniste*, éd. citée. p. 173-177.

moment même où notre héros ouvrait son âme à Dieu avec la plus extrême sincérité et l'attendrissement le plus profond » (p. 242). Ainsi Stendhal critique-t-il parfois de l'extérieur la foi de Fabrice, mais, le plus souvent, « naturalisé » italien, décrit-il sans recul l'attendrissement naïf de son héros, ou les larmes par lesquelles le public accueille ses sermons. Parfois, le décalage des mentalités oblige Stendhal à se justifier : « Nous avons à avouer une chose qui semblera bizarre au nord des Alpes, malgré ses erreurs (Clélia) était restée fidèle à son vœu » (p. 569). En vérifiant les prédictions de l'abbé Blanès, « caractère primitif » (p. 46) comme Fabrice, religieux et fétichiste, le roman consacre magiquement le triomphe de l'âme italienne. On mesure l'erreur de Balzac, qui souhaitait que Stendhal supprimât le personnage de l'abbé Blanès, quand, d'une certaine façon, le roman est tout entier écrit pour donner raison au vieil astrologue !

CULTE DE SOI ET RENONCEMENT

• *Exaltation du moi*

« Au XIVe siècle, écrit J. Burckhardt dans son ouvrage *La civilisation de la Renaissance en Italie*, l'Italie ne sait guère ce que c'est que la fausse modestie et l'hypocrisie ; personne n'a peur de se faire remarquer, d'être et de paraître autre que le commun des hommes [1]. » Cette image de l'Italien de la Renaissance, et du bas Moyen âge déjà, Stendhal la connaît bien : il l'a admirée en lisant les chroniques de l'époque. Sans doute en trouve-t-il des traces chez ses contemporains, mais on peut parier qu'il a surtout peuplé *La chartreuse* de figures idéales, issues d'une tradition vivante en lui. Une phrase de *La duchesse de Palliano* le confirme : « Ce qu'on appelle la *passion italienne*, y écrit Stendhal, c'est-à-dire la passion qui cherche à se satisfaire et non pas à *donner au voisin une idée magnifique de notre individu*, commence à la renaissance de la société, au XIIe siècle et s'éteint du moins

---

1. J. BURCKHARDT, *La civilisation de la Renaissance en Italie*, Plon, Livre de poche, t. 1, p. 199.

dans la bonne compagnie vers 1734 [1]. » Zola l'a d'ailleurs
bien vu : « J'ai grand-peine, écrit-il, à accepter l'Italie comme
une Italie contemporaine; selon moi, il a plutôt peint l'Italie
du XVe siècle, avec sa débauche de passions, ses coups d'épée,
ses espions et ses bandits masqués, ses aventures extraordi-
naires, où l'amour pousse gaillardement dans le sang [2]. » Zola
l'entend comme un reproche. Moins scrupuleux de la réalité
historique d'une œuvre de fiction, nous serions aujourd'hui
plutôt reconnaissants à Stendhal d'être passé par-dessus
des contingences de temps pour mieux conduire ses personnages au bout de la logique de leur tempérament.

Se moquer de l'opinion, aller jusqu'au bout de soi-
même, ne se concilie pas forcément avec la morale : on devient
aussi bien César Borgia, Alexandre Farnèse (le modèle si
lointain de Fabrice) ou le père incestueux des *Cenci*. Il reste
que les êtres haïssables de *La chartreuse* ne sont pas des
criminels de grande envergure : ce sont ceux qui rampent
et négligent d'être eux-mêmes : Rassi pour obtenir une déco-
ration, Fabio Conti pour que sa fille fasse un riche mariage,
ou Ranuce-Ernest IV, tenaillé par la peur, et qui, incapable
d'avoir une personnalité authentique, modèle ses attitudes
sur celles d'un portrait de Louis XIV. Le courage d'être
« vrai », à l'occasion excentrique à ses dépens, c'est à l'inverse
le ressort commun de l'ingénuité de Fabrice, des crimes de
la duchesse et de l'indépendance d'esprit du comte Mosca.

Indépendance d'esprit : nous abordons au point critique
de la morale des « happy few ». Car enfin, cette indépendance,
chez Mosca, demeure toute virtuelle. Il est beau de se dire
sans cesse prêt à vivre, par amour, dans le dénuement : ces
serments deviennent suspects à force de se concilier avec
tant de diplomatie, et de réussite. Un point de l'intrigue
mérite attention (Stendhal y insiste) : l'esprit courtisan de
Mosca, qui supprime les mots « procédure injuste » de la
lettre dictée au prince par la duchesse, cause directement
la perte de Fabrice. On admettait l'hypocrisie de Julien Sorel,
adolescent sans fortune contraint à la dissimulation par une
société corrompue; on pardonne moins à celle d'un quinqua-
génaire nanti, qui aspire à se maintenir dans les honneurs.

1. *Romans et nouvelles*, Pléiade, t. 2, p. 711.
2. É. ZOLA, *Les romanciers naturalistes*, édition citée, p. 86.

Le pardon, Mosca le trouve néanmoins parce qu'il sait aimer avec passion, pleurer sur deux espions trop hâtivement exécutés, et comprendre le vrai génie de Fabrice. Quant à son attitude courtisane, elle paraît l'engager aussi peu que l'obéissance aux règles du whist, deux fois invoquées par la duchesse (p. 131 et 152). A raisonner ainsi, on en vient à se réserver une chambre tout à part soi, comme disait Montaigne, où s'exerce le culte du moi (entendez : des qualités aristocratiques du moi, non de la grossière volonté de jouissance). Mais plus que jamais se restreint le cercle des « happy few » qui sauront vous apprécier comme vous le méritez ! Ce culte du moi, à force de se passer de public, se dispense de « faire ses preuves », de se traduire en actes : Mosca savoure de se sentir prêt au sacrifice, et l'assurance d'y être prêt lui rend superflu de l'essayer.

De même Stendhal a-t-il été possédé, parfois, par le vertige de n'être compris que de lui-même : « Voilà vu ce public choisi et peu nombreux à qui il faut plaire ; le cercle part de là, se resserre peu à peu et finit par moi. Je pourrais faire un ouvrage qui ne plairait qu'à moi » (*Journal*, 31 décembre 1804). Le suprême égotisme littéraire vous conduit à passer pour un sot, comme le suprême égotisme moral vous fait prendre pour un monstre. Peut-être même la coquetterie vous poussera-t-elle à trouver confirmation plutôt que doute dans la désapprobation universelle.

• *Renoncement du moi*

Mais quelle que soit l'indulgence du narrateur pour Mosca, aussi proche soit-il de ce dilettante fou d'amour à cinquante ans, il n'en faut pas faire le type du héros stendhalien. Mosca a le mérite de n'avoir pas retiré de fortune personnelle de son passage au pouvoir (voir le début du chapitre 17) ; mais les dernières lignes du roman, le découvrant « immensément riche », marquent sa déchéance. *La chartreuse* consacre en définitive ceux qui, se cultivant eux-mêmes, savent pourtant se dépasser, et traduire en actes leur aristocratie. Sans doute doivent-ils à des qualités natives d'appartenir aux « happy few » : ils sont bien nés, ils sont beaux (d'une beauté qui, dans le cas de la duchesse, résiste aux atteintes du temps) ; ils accordent à ces dons de la Providence tous les égards qu'ils méritent : Fabrice, touché au visage pendant son duel avec Giletti, se préoccupe avant toute chose de demander un miroir pour s'assurer que ses traits sont intacts (p. 223). Forme de religion, le culte de soi suppose même qu'on risque sa vie pour accorder à sa propre personne tous les soins qu'elle réclame. Ainsi Fabrice, menacé d'être rejoint par des gendarmes, consacre-t-il une heure à tailler son marronnier endommagé (p. 203) : ce marronnier, né en même temps que lui, figure en effet une forme magnifiée de lui-même, et mourir pour lui serait sacrifier soi pour Soi. De ce culte, seule une « âme sensible » peut avoir l'idée : « Il serait digne de mon frère, se dit (Fabrice), d'avoir fait couper cet arbre; mais ces êtres-là ne sentent pas les choses délicates; il n'y aura pas songé » (p. 203). Pourtant (et le terme de « sacrifice » retrouve ici un sens plus habituel) le culte de soi conduit aussi les « happy few » à se sacrifier pour autrui, ou du moins pour leur amour : ainsi Fabrice revenant risquer sa vie dans sa cellule par amour pour Clélia, perdant pour elle cette fraîcheur de traits à laquelle il tenait comme à un signe d'identité (le Fabrice méconnaissable des derniers chapitres est, à la lettre, un autre Fabrice), acceptant enfin, par son vœu monastique, le renoncement suprême. Mais on en dirait autant de la duchesse, de Clélia, de Ferrante Palla. Dédié à ceux qui ont quelque chose à quoi renoncer, plein d'indulgence pour ceux qui sentent la valeur du renoncement, *La chartreuse* n'en demeure pas moins, avant tout, le roman de ceux qui mènent leur renoncement à bien.

« CHASSE AU BONHEUR » ET CULTE DE L'INSTANT

• *Puissance du bonheur*

Shoshana Felman (voir Bibliographie) mentionne la répugnance que Stendhal paraît concevoir pour la tradition du « happy end » : ainsi s'expliquerait l'inachèvement de *Lucien Leuwen* ou de *Lamiel*, et, peut-être, la rapidité du dénouement de *La chartreuse*. Dénouement imposé par l'éditeur, on le sait, mais auquel Stendhal a plus volontiers consenti s'il a su, bien avant le dernier chapitre, donner l'essentiel d'une histoire qu'il eût été de toute façon bien en peine de terminer convenablement. A voir les choses ainsi, on gagnerait de prendre *La chartreuse* pour ce qu'elle est : un roman que domine la puissance du bonheur, et que son auteur escamote quand ce bonheur risque de s'enferrer dans la convention, ou que son excès même le rend impossible. La « chasse au bonheur », centre des préoccupations de Stendhal, et sur laquelle Julien Sorel concentre toute son énergie, Fabrice s'y adonne spontanément. Sa nature est d'être heureux : les contraintes sociales et politiques seules l'en empêchent. Elles n'en rendent que plus lumineux ces havres de sérénité auxquels il aborde, et qui comptent sans doute comme les plus beaux moments du roman : les parties de barque sur le lac (chap. 2), le séjour dans le clocher de l'abbé Blanès (chap. 9), l'extraordinaire joie, enfin, qui s'empare de Fabrice à son entrée dans la prison (chap. 18). Si l'on admet avec Balzac *(Splendeurs et misères des courtisanes)* et la sagesse populaire que « le bonheur n'a pas d'histoire », on s'étonne de découvrir, avec *La chartreuse*, un roman des gens heureux. Quel autre écrivain, en ce siècle surtout, a su peindre le bonheur en des pages aussi longues ? Rousseau, dans ses *Confessions*, s'y était essayé : il ne pouvait aller plus loin que répéter « j'étais heureux ».

La persistance de la vocation au bonheur chez Fabrice mérite qu'on l'approfondisse. Béatrice Didier (voir postface de l'édition Folio) a pertinemment parlé du « bonheur utérin » que goûte Fabrice dans tout ce qui peut représenter pour lui un retour au foyer : la charrette de la vivandière, déjà, sur le champ de bataille de Waterloo ; la chaleur protectrice de l'hôtesse qui soigne ses blessures ; les trois havres que nous mentionnons au paragraphe précédent s'illuminent du même type de bonheur : le lac, espace liquide et fermé (donc maternel, dirait un psychanalyste), où il partage des joies innocentes avec sa mère et sa tante ; le clocher, lieu de retraite, d'où il voit sans être vu (position privilégiée, dirait un militaire) la terre où il est né ; la prison enfin, dernier refuge avant la réclusion monastique, où il peut à son aise être lui-même, à l'abri du monde extérieur, et d'où il observe une jeune fille qui apporte des soins maternels à des oiseaux eux-mêmes prisonniers d'une volière. De Clélia, Fabrice devient

amoureux en la voyant répéter les gestes de la mère. Derrière
ses barreaux, il s'identifie en somme aux oiseaux, au point de
se réjouir d'en posséder un dans sa cellule, réussissant ainsi
la fusion symbolique de la volière et de la prison.

• *Précarité du bonheur*

On aurait tort pourtant d'interpréter comme une exigence de
sécurité cette attirance pour un bercail vrai ou transposé.
Du moins cette exigence paraît-elle se nourrir parfois d'une
exigence contraire. Ainsi Fabrice semble-t-il souvent ne
pouvoir saisir de bonheur que précaire. Les gendarmes le
menacent dans le clocher de l'abbé Blanès, plus encore le
poison dans sa cellule. Mais loin d'assombrir le bonheur,
comme on l'attendrait, le danger de le perdre le décuple au
contraire. C'est un Fabrice déjà disponible à l'appel de
l'aventure qui goûte avec intensité, au chapitre 2, la joie enfan-
tine des jeux nautiques. Dans le clocher, en cette radieuse
matinée de fête religieuse et folklorique, où les couleurs
procurent pour qui les voit de loin l'enchantement d'un kaléi-
doscope, Fabrice, sur le point peut-être de perdre sa liberté,
voit se fixer en un instantané les moments de sa vie les plus
profondément enracinés dans son enfance (« Tous les souvenirs de son enfance vinrent en foule assiéger sa pensée; et
cette journée passée en prison dans un clocher fut peut-être
l'une des plus heureuses de sa vie », p. 197); de même, dit-on,
un mourant voit-il défiler en un instant une multitude de
scènes vécues. La répétition des dangers vécus par Fabrice
tout au long de *La chartreuse* a sa motivation dramatique : elle
permet aussi de multiplier les moments où se concentre la
lumière du bonheur et où remonte en une bouffée qui risque
chaque fois d'être ultime le parfum de l'enfance.
   C'est bien du même culte de l'instant que se nourrit le
bonheur de la duchesse : « Le langage de ces lieux ravissants,
et qui n'ont point de pareils au monde, rendit à la comtesse
son cœur de seize ans. Elle ne concevait pas comment elle
avait pu passer tant d'années sans revoir le lac. Est-ce donc
au commencement de la vieillesse, se disait-elle, que le
bonheur se serait réfugié ? » (p. 45). L'approche de la vieillesse donne leur sens aux mots « seize ans », comme la
silhouette d'un gendarme fait découvrir à Fabrice la valeur

de la liberté. On est à l'opposé du thème, si cher aux romantiques, des « illusions perdues », du « C'est ce que nous avons eu de meilleur » par quoi Flaubert termine son *Éducation sentimentale*. Au lieu de mesurer les dégâts causés par la fuite d'un temps qui a frappé de vanité leurs virtualités, comme certains héros de Balzac ou Flaubert, au lieu encore de se transporter magiquement dans l'enfance pour y retrouver l'état de grâce antérieur à toute désillusion, comme le Nerval de *Sylvie*, les héros de *La chartreuse* infusent leurs souvenirs, ou mieux le vécu de leur jeunesse, dans l'instant présent, et leur nostalgie nourrit leur bonheur au lieu de le détruire; ainsi les années de jeunesse s'accumulent-elles sur le visage de la Sanseverina au point de lui donner, à quarante ans, un rayonnement jamais atteint. La vertu du péril (de la vieillesse, de la mort...) est de faire briller d'un éclat soudain aveuglant cette énergie accumulée.

LE CŒUR ET L'ESPRIT

- *Être homme de cœur*

Nous entendons « énergie » en un sens voisin de celui que lui donnent les physiciens : ainsi de l'énergie lumineuse concentrée dans le tableau aperçu par Fabrice depuis le clocher de l'abbé Blanès, baigné d'un « soleil éclatant », qu'intensifient encore les murs des « maisons blanchies au lait de chaux », et dont Fabrice décuple la puissance en l'entrevoyant d'un lieu « comparativement obscur », au travers d'une toile percée de deux trous (p. 199). De même que l'énergie lumineuse frappe ici l'œil de Fabrice dans des conditions topographiques, climatiques et optiques idéales, de même l'énergie morale des personnages trouve-t-elle parfois pour s'exercer des conditions idéales d'accumulation. Son amour pour Fabrice, le désir de réaliser un coup d'éclat au seuil de la vieillesse, sa haine du prince, le concours d'auxiliaires habiles et dévoués jusqu'à la mort permettent à la Sanseverina de réussir (car c'est à elle plus qu'à Fabrice qu'en revient le mérite !) la plus impossible des évasions. Son amour pour la duchesse vient se combiner à son idéal politique pour donner aux intentions régicides de Ferrante Palla une impulsion irrésistible. Chez Clélia, pourtant, deux énergies s'exercent en sens inverse : son respect pour son père et pour la religion, et son amour pour Fabrice. La preuve est alors faite, grâce à elle, que l'amour constitue, à lui seul, une source d'énergie suffisante pour mener à bien n'importe quelle entreprise.

Il appartient aux « happy few » de donner libre cours à l'énergie qui les anime, sans calcul, au risque de se perdre ou de s'user. Cette énergie témoigne d'une étonnante générosité physique, et se heurte à l'incompréhension des médiocres, aux yeux de qui la distinction s'identifie facilement au sens de la mesure (« La princesse, lit-on p. 508, qui avait une répugnance marquée pour l'énergie, qui lui semblait vulgaire... »). Ainsi les « happy few » se dépensent-ils et, aussi bien (signe qui permet aisément de les identifier), *dépensent-ils* sans compter. L'ingénuité avec laquelle Fabrice montre ses louis en plein champ de bataille fait pitié à la vivandière. La Sanseverina dilapide sa fortune (« Il est beau, se disait la duchesse, de donner à un serviteur fidèle le tiers à peu près de ce qui me reste pour moi-même », p. 450); « porteur d'un habit d'un délabrement incroyable », Ferrante Palla distribue l'or à pleines mains (p. 477). Descendons d'un degré : à défaut de savoir jeter l'argent par les fenêtres, le comte Mosca a eu pendant longtemps le mérite de n'en pas amasser (voir p. 337). A l'inspiration amoureuse des Italiens faisait pendant la vanité française; à leur générosité s'opposent la prévoyance et la cupidité des Suisses (voir p. 103 : « Le jeune Genevois flegmatique, raisonnable et ne songeant qu'à l'argent », et p. 204 : « Ce sont peut-être les plus belles (forêts) du monde; je ne veux pas dire celles qui rendent le plus d'*écus neufs*, comme on dirait en Suisse, mais celles qui parlent le plus à l'âme »).

A les voir se comporter ainsi, nous dirions volontiers des héros de Stendhal qu'ils ont « bon cœur », ou, élevant le propos au-delà de ces générosités matérielles, qu'ils ont *du cœur*. Telle est la qualité que leur prête en effet le romancier, l'associant ou l'opposant suivant la tradition classique à *l'esprit*. « Un homme d'esprit et de cœur tel que Mosca », lit-on p. 387; « le seul archevêque, dit-il de Mgr Landriani, eut l'esprit, ou plutôt le cœur, de deviner que l'honneur défendait au comte de rester premier ministre... », p. 345. Le cœur ne suffit pas : Giletti, aussi bien, est un « homme de cœur » (p. 220), mais sa grossièreté l'empêche de saisir les nuances. De l'archevêque, à l'inverse, Fabrice se trouve conduit à penser : « Voilà ce que c'est que les gens du commun, même quand ils ont de l'esprit » (p. 529). Au jeune prince, Mosca reconnaît du « cœur » et de l' « esprit », malheureusement gâtés par « l'éducation qu'il a reçue » (p. 474).

- *Être homme d'esprit*

Comment donc définir cet homme de cœur et d'esprit qui paraît être le modèle du héros stendhalien ? Qu'on se garde de donner un sens trop restrictif au mot « esprit ». L'esprit vanté par Stendhal ne se réduit pas à l'ironie sceptique, dont lui-même savait, à en croire certains témoins, faire un si brillant usage : Fabrice, âme profondément religieuse, en a horreur, et s'il s'efforce à Naples, suivant les conseils de Mosca, de ne point passer pour un « homme d'esprit » (p. 153), il y réussit aussi bien en d'autres occasions, sans s'y appliquer. A l'époque de la composition de *La chartreuse*, Stendhal écrit du reste à un ami romain (lettre du 3 janvier 1839) pour lui peindre la médiocrité et la bassesse des luttes politiques françaises en précisant que « les combattants sont, pour l'esprit, les premiers hommes de la nation ». Dans la même lettre, il reconnaît au journal *Le Charivari* autant d'esprit qu'à Voltaire : compliment ambigu, Stendhal a toujours détesté Voltaire. Cette forme d'esprit à la française n'est donc probablement pas celle qu'il convient de reconnaître dans notre roman [1].

L'esprit ne s'identifie pas davantage à l'esprit critique : nous en avons vu Fabrice étonnamment dépourvu dans ses professions de foi politiques. On ne saurait même le rapprocher du simple bon sens : les « happy few » se reconnaîtraient plutôt, dans *La chartreuse*, au nombre et à l'énormité de leurs folies. Comment concilier, du reste, l' « esprit » au sens que lui donne le commun des mortels avec l'étourderie maintes fois reconnue de Fabrice (voir entre autres, p. 133 : le « jeune étourdi [2] »...) ou le tempérament de la duchesse qui « jamais

---

1. Sans doute Sainte-Beuve prend-il le mot « esprit » dans son sens « français » quand il déclare de *La chartreuse* qu'elle « n'est que l'œuvre d'un homme d'esprit ». On ne pouvait faire pire insulte aux intentions de Stendhal !
2. P. 169 cependant, nous lisons que « l'esprit et la présence d'esprit de Fabrice » (intéressante association de termes!) choquent le prince.

n'agit *avec prudence*, qui se livre tout entière à l'impression du moment, qui ne demande qu'à être entraînée par quelque objet nouveau » (p. 127)? Chercher sa propre estime plutôt que celles des autres et cultiver l'instant conduit facilement à passer pour un sot ou pour un fou.

A la rigueur définira-t-on l'esprit, comme le fait un admirateur de Stendhal, la faculté « de savoir deviner et exprimer les rapports réels ou factices qui existent entre les choses [1] » : on y découvrira alors que loin, le plus souvent, de se soumettre aux rapports réels, les « happy few » possèdent l'art d'*inventer* des rapports qu'on n'eût pas imaginés, des rapports factices, auxquels leur génie peut donner consistance. Chez la Sanseverina, à cet égard l'être le plus « spirituel » du roman, l'esprit cesse tout à fait de se présenter comme un don d'observation (qu'il est dans le cas de l'ironie ou de l'esprit critique) pour devenir un don de la création et de la mise en scène. Ainsi son idée de donner du vin aux gens de Sacca et de l'eau aux gens de Parme : Ludovic y salue avec émerveillement une trouvaille de génie (voir p. 448), mais la duchesse, comme les grands créateurs qui laissent à leurs exégètes le soin de découvrir la profondeur de leurs intentions, l'avait ordonné sans même y songer. Son esprit (on serait tenté d'écrire sa « race ») est tout entier dans le geste. Les écrivains se révèlent peut-être, mieux que dans leurs particularités de vocabulaire, dans leur manière de renouveler des catégories traditionnelles. Le cœur et l'esprit, à la lumière desquels les moralistes du XVIIe siècle jugeaient déjà l' « honnête homme » français, s'éclairent d'un sens nouveau quand on applique ces mêmes notions à des âmes d'élite italiennes : l'esprit, loin de contrebalancer le cœur, lui permet de s'exprimer au mieux ; il devient, dans *La chartreuse*, le théâtre du cœur.

1. GOBINEAU, *Mademoiselle Irnois*, Classiques Garnier (*Le mouchoir rouge et autres nouvelles*), 1968, p. 103.

LE « PURGATOIRE » DE « LA CHARTREUSE »

Stendhal n'a survécu que trois ans à la publication de *La chartreuse*. C'était bien insuffisant pour qu'il eût l'idée de la notoriété que son roman obtiendrait un jour. Le long article de Balzac, tremplin rêvé pour la gloire d'un romancier, n'a pas suffi. Il est vrai qu'un critique aussi écouté de son temps que Sainte-Beuve n'a jamais eu pour Stendhal qu'une piètre estime. Cet échec n'avait pas de quoi surprendre Stendhal : « A l'extrême fin de sa vie, écrit Léon Blum, quand il la pouvait juger et embrasser d'un coup d'œil, il se rendait clairement compte que l'échec était tiré de plus loin, que la difficulté gisait en lui-même au lieu de venir du dehors, et tel est le sens profond du personnage de Fabrice dans *La chartreuse* [1]. »

Parce que *La chartreuse* est le plus stendhalien des romans de Stendhal, elle sera méconnue au moment même où son auteur connaîtra un regain de faveur. Si les romanciers « réalistes » du Second Empire (Champfleury, les Goncourt...) estiment Stendhal, c'est en effet parce qu'ils apprécient ses dons d'observation, l'exactitude de ses peintures sociales, la rigueur de sa psychologie; les prétentions à la science et le goût des mathématiques de ce disciple des idéologues les abusent même un peu : ils voient en lui un adversaire des romantiques, chargés de tous les péchés pour le vague de

1. L. BLUM, *Stendhal et le beylisme*, Albin Michel, sans date, p. 222.

leurs passions et le flou de leur métaphysique. Mais pour qui recherche en Stendhal un romancier « réaliste » avant la lettre, *Le rouge et le noir* est infiniment plus convaincant que *La chartreuse*. Zola, dans *Les romanciers naturalistes*, reprendra en les amplifiant les idées de ses devanciers ; peu enthousiaste de Stendhal, il préfère en tout état de cause *Le rouge* à *La chartreuse*. La peinture du milieu lui paraît, dans le second, beaucoup moins fidèle : « J'aime moins *La chartreuse*, parce que sans doute les personnages s'y agitent dans un milieu qui m'est moins connu (...) ; rien n'est plus compliqué comme intrigue, rien ne détonne plus de l'idée que je me fais de l'Europe de 1820[1]. » Surtout, Zola accuse Stendhal de ne pas savoir, comme Balzac, créer des personnages qui donnent l'impression d'être de chair et d'os : le héros stendhalien serait, d'après Zola, « une machine intellectuelle et passionnelle parfaitement montée » ; parce qu'il « ne se soucie ni de la maison où son héros a grandi, ni de l'horizon où il a vécu », Stendhal ne lui confèrerait pas une crédibilité suffisante, et ce défaut apparaît naturellement poussé très loin dans *La chartreuse*. Heureusement, il « a été le premier romancier qui ait obéi à la loi des milieux géographiques et sociaux » ; pour avoir su montrer en quoi les tempéraments du midi diffèrent de ceux du Nord, *La chartreuse* trouve grâce aux yeux de Zola.

Un esprit scientifique contemporain de Zola a montré pourtant plus d'indulgence pour *La chartreuse*. Il s'agit d'Hippolyte Taine. Taine, il est vrai, faisait partie de la promotion 1847-1849 de l'École Normale Supérieure, et a eu la chance d'avoir pour maître Paul Jacquinet. Léon Blum cite, dans le dernier chapitre de son *Stendhal et le beylisme*, une lettre de Francisque Sarcey, condisciple de Taine, qui permet de mesurer le rôle joué par Jacquinet dans la reconnaissance de *La chartreuse* : « M. Jacquinet m'avait dit, l'année dernière, que *La chartreuse* était un chef-d'œuvre ignoré... Aujourd'hui, je suis de son avis : c'est un livre admirable... Je me suis juré que tous mes camarades, toutes mes connaissances, toutes les dames que je rencontrerais au bal liraient *La chartreuse*, ou, du moins, en entendraient parler. Il faut nécessairement qu'un aussi bel ouvrage arrive à la

1. É. ZOLA, op. cit., p. 74-75.

gloire... Nous l'avons répandu et popularisé à l'École; il faut poursuivre cette bonne œuvre au-dehors [1]. » Taine, à la fin de sa vie, relira encore *La chartreuse* « une fois par an, pour le moins ». Ses jugements et ses préférences sont pourtant bien de son époque : « Balzac a révélé *La chartreuse* au public, écrit-il dans ses *Essais de critique et d'histoire;* l'autre roman *(Le rouge et le noir)* mériterait la critique d'un aussi illustre maître. Tous deux se valent; peut-être même *Rouge et Noir* a-t-il plus d'intérêt, car il peint des Français, et les visages de connaissance sont toujours les portraits les plus piquants; nos souvenirs nous servent alors de contrôle; la satire y fait scandale, scandale permis, contre le voisin, ce qui est toujours agréable, parfois contre nous-même, ce qui nous empêche de nous endormir [2]. » Avec *La chartreuse*, comme le dira M. Bardèche, « on se croirait à Lilliput » : mais ce qui sera un charme pour le critique du XXe siècle demeurait une insuffisance pour le contemporain des romanciers réalistes.

LE CULTE DES « BEYLISTES »

A défaut de recevoir la consécration d'une école littéraire ou scientifique, *La chartreuse* recevra celle d'une paroisse : celle des « beylistes », individus isolés de toutes tendances, qui célébreront un jour des années 1920 leur culte au *Stendhal-Club*, appellation curieuse dont l'anglomanie n'eût pas déplu à Stendhal. Mais avant de se grouper en association, les fervents de Stendhal avaient eu des devanciers. Esprit indépendant, aussi méconnu que Stendhal par ses contemporains, Gobineau avait, dès 1845, dans un article du *Commerce*, salué en Stendhal « l'auteur de *la Chartreuse de Parme* [3] ». Son appréciation de *La chartreuse*, il est vrai, surprend un peu : il y découvre un Beyle « romancier, sinon philosophe, au moins observateur plutôt que poète », et « s'adressant plus directement à l'intelligence qu'au cœur ». En 1874, dans *les Pléiades*, roman réservé à une autre lignée de « happy few », Gobineau rendra encore hommage à *La chartreuse* :

1. P. 262.
2. H. TAINE, *Essais de critique et d'histoire*, Hachette, 1866, p. 24.
3. Article publié par CH. SIMON aux éditions du *Stendhal-Club*, n° 20, 1926.

c'est en référence au roman de Stendhal que les « calenders, fils de Rois », héros des *Pléiades*, boivent du vin d'Asti avant de se lancer dans une tirade définitive sur la supériorité native des gens de leur espèce. Une demi-génération plus tard, Maurice Barrès retient de *La chartreuse*, avant tout, l'exemplaire personnage de Fabrice : « Il faut adorer Fabrice del Dongo, qui nous offre un rare mélange d'enthousiasme et de finesse. A seize ans, il était ivre du désir d'agir et de se prouver son énergie au côté du grand Napoléon. Aujourd'hui, il ne trouverait d'activité et de risques que dans la vie parlementaire. En même temps qu'il savait s'amuser de l'intrigue, il avait le goût des sensations de l'âme. Par cette dualité, à laquelle la volupté de l'ancienne Italie fait un cadre convenable, il demeure un des héros de ce siècle [1]. » Ajoutons à l'hommage de Gobineau et de Barrès celui de M. Bardèche, militant de l'Action Française, pour qui *La chartreuse* est un « couronnement » : on aura l'impression que, à l'intérieur de ce *Stendhal-Club* qui existait avant même de se donner une raison sociale, les fervents de *La chartreuse* constituent une petite coterie d'extrême droite. Sur sa prééminence s'accordent en tout cas l'aristocratisme de Gobineau, le boulangisme anti-parlementariste de Barrès, et le monarchisme de Bardèche (tout prêt à tirer parti de *La chartreuse* pour servir ses sympathies pour le régime de Mussolini et son culte de l'énergie).

Mais Léon Blum, penseur socialiste et homme politique dont on connaît la générosité, a consacré les plus belles pages de son ouvrage sur Stendhal à *La chartreuse*. Alain, philosophe qui affiche ses sympathies pour les « radicaux » de son temps, place *La chartreuse* à égalité avec *Le rouge et le noir* et *Le lys dans la vallée*, c'est-à-dire au sommet de ses préférences. Aragon, écrivain et militant communiste, aime dans Stendhal le lecteur d'Helvétius, ce philosophe qui a appris à l'homme à placer « son bonheur personnel dans le bonheur de tous ». Peut-on concilier les deux ? Dans le socialisme réside, pour Aragon, « la solution de cette contradiction entre l'homme et le milieu que ne pouvait apercevoir Fabrice del Dongo, mais que, malgré l'avalanche de textes sous lesquels les stendhaliens pourraient m'ensevelir, j'ai la naïveté

---

1. M. BARRÈS, op. cit., p. 201.

de croire que Stendhal avait entrevue ». A ces lignes, écrites au lendemain de la Résistance, aussitôt après la sortie de l'adaptation cinématographique de *La chartreuse*, Aragon ajoute : « Sans doute qu'il y a de grandes différences, historiques et psychologiques, entre Ferrante Palla et Gabriel Péri : mais il arrive que quand Ferrante Palla meurt dans le film, c'est à Péri que je pense, mauvais marxiste que je suis. Et à Jacques Decour, fusillé il y a six ans ces jours-ci, et qui avait appris, que cela vous plaise ou non, dans *La chartreuse de Parme*, la leçon à laquelle il est demeuré fidèle jusqu'à la mort [1]. » Un autre écrivain communiste, Roger Vailland, signe avec Claude Roy en mai 1948 une lettre où il déclare : « Tout bonheur demande une tension et une attention soutenues. Stendhal a donc raison de dire qu'il faut le « courir ». Le bonheur ne vient pas à l'homme du ciel, il vient à l'homme de l'homme. Est heureux celui dont la vie s'accorde à la fonction qu'il se désigne. Le marxisme n'appauvrit pas la notion de bonheur. Il l'enrichit. Il en rend le désir plus exigeant, parce qu'il fait prendre conscience aux hommes de nouvelles conditions et de nouvelles tâches. Être communiste, c'est s'assigner un bonheur difficile, mais immédiat. Le bonheur qui envahit Fabrice quand il part lutter pour libérer sa patrie du despotisme n'est pas dépassé « par une morale sociale toute neuve [2]. »

L'AGE DE RAISON

Ainsi ce roman qui nous a paru politiquement ambigu séduit-il, pour des raisons ou vertement politiques, les clans les plus opposés ; il sert de référence à la Résistance française et à ses pires ennemis. Ces jugements passionnels font de *La chartreuse* un cas un peu particulier dans notre littérature, chacun paraissant y projeter ses espérances politiques ou son propre égotisme. On se rassurera pourtant de constater que, de moins en moins, les critiques l'abordent comme un mythe proposé à l'admiration des idolâtres de Stendhal, et qu'elle provoque désormais plus d'exégèses que de dithyrambes. J.-P. Weber y trouve une convaincante illustration de sa

1. ARAGON, *La lumière de Stendhal*, Denoël, 1954, p. 109.
2. R. VAILLAND, *Écrits intimes*, Éditions Gallimard, 1968, p. 143.

théorie sur les « structures thématiques », et Gilbert Durand de sa théorie sur les « structures anthropologiques de l'imaginaire »; Jean Bellemin-Noël ou Béatrice Didier, relisant l'œuvre à la lumière des données de la psychanalyse, en enrichissent les symboles et en approfondissent les motivations secrètes. Méconnue, puis intouchable, *La chartreuse* est entrée dans sa période critique; les « beylistes » de tout bord la mettaient au-dessus de tout : on commence à mieux comprendre en quoi ils avaient raison.

▶ Bibliographie

Principales éditions courantes de « La chartreuse »

Notre édition de référence est celle de la collection *Folio*, Gallimard éditeur, 1972. Édition peu coûteuse, comportant une préface de Paul Morand, une postface et des notes de Béatrice Didier, et un « dossier » du plus grand intérêt (vie de Stendhal, les sources du roman, l'article de Balzac, les passages recomposés par Stendhal).

Bibliothèque de la Pléiade, Gallimard éditeur. *La chartreuse* figure au tome 2 des *Romans et Nouvelles* de Stendhal, texte établi et annoté par H. Martineau, 1952 (nombreuses rééditions).

Classiques Garnier, texte établi, avec introduction, bibliographie, chronologie, notes et relevé de variantes par H. Martineau, 1961 (nombreuses rééditions).

Cercle du Bibliophile, éditions complètes des œuvres de Stendhal, textes établis, présentés et annotés par Victor del Litto et Ernest Abravanel. 2 tomes consacrés à *La chartreuse*, 1969, comprenant notamment l'article de Balzac. Cette édition tend à s'imposer comme l'édition de référence pour toutes les études approfondies sur Stendhal.

Morceaux choisis

Univers des lettres, Bordas. Extraits avec une notice sur Stendhal, une étude générale de son œuvre, une analyse méthodique du roman, des notes, des questions, des jugements et des sujets de devoirs, par E. Richer, 1971.

Collection *Thema/anthologie*, Hatier. Morceaux choisis regroupés par thèmes (le bonheur, la « virtù », la politique, la prison, le regard), avec des orientations d'étude et une bibliographie, par J. Metteau, 1972.

Ouvrages généraux sur Stendhal

ALAIN : *Stendhal*, P.U.F., 1948 (rééd. 1959). Alain aime en Stendhal « l'incrédule », « l'honnête homme », « le politique », « l'amoureux », mais par-dessus tout le styliste : *La chartreuse* « offre sans doute en sa perfection cette improvisation qui s'accroît d'elle-même, et qui craint de finir ».

BARDÈCHE (Maurice) : *Stendhal romancier*, édit. de la Table Ronde, 1947 (rééd. 1969). Bardèche paraphrase parfois Stendhal, mais avec tant de brio ! (chapitres X et XI consacrés à *La chartreuse;* Stendhal y est montré comme l' « un des plus véritables *poètes* du XIXe siècle »).

BLIN (Georges) : *Stendhal et les problèmes du roman*, Corti, 1953. Au travers de Stendhal, une manière magistrale de poser les problèmes de la création romanesque, en des termes qui ont fait école (l'esthétique du miroir, les restrictions de champ, les intrusions d'auteur).

BLIN (Georges) : *Stendhal et les problèmes de la personnalité*, Corti, 1958. Interprétation sartrienne de la personnalité de Stendhal, au travers de ses œuvres intimes, mais aussi de ses romans. Ouvrage très dense, d'une lecture difficile.

BROMBERT (Victor) : *Stendhal et la voie oblique*, P.U.F., 1954. Intéressante étude sur le rapport du romancier et de ses personnages.

DÉDEYAN (Charles) : *L'Italie dans l'Œuvre romanesque de Stendhal* (2 vol.), S.E.D.E.S., 1964-1965. Ouvrage de lecture aisée. Le 2e tome est presque entièrement consacré à *La chartreuse*.

DEL LITTO (Victor) : *La vie intellectuelle de Stendhal, Genèse et évolution de ses idées* (1802-1821), P.U.F., 1959. Indispensable pour qui veut étudier en détail les sources de Stendhal et de ses œuvres.

FELMAN (Shoshana) : *La « folie » dans l'œuvre romanesque de Stendhal*, Corti, 1971. Étude sémantique qui, par le sujet envisagé, concerne tout particulièrement *La chartreuse* (chapitre IX : « *La chartreuse de Parme* ou le chant de Dionysos »); le silence du chartreux comme limite à l'anéantissement et à la folie).

GENETTE (Gérard) : « *Stendhal* », in *Figures* II, Seuil, 1969. Étude de l'égotisme de Stendhal et de son goût des pseudonymes, débouchant sur l'étude des thèmes et du récit stendhaliens.

IMBERT (Henri-François) : *Les métamorphoses de la liberté ou Stendhal devant la Restauration et le Risorgimento*, Corti, 1967. Stendhal ne se réduit pas, aux yeux de l'auteur, à un égotiste influencé par ses seules aventures intellectuelles ou sentimentales : il est aussi un témoin de l'histoire de son temps. Cet ouvrage retrace l'attitude de Stendhal, et l'influence des événements politiques sur son œuvre, de 1814 à la publication de *Le rouge et le noir*.

IMBERT (Henri-François) : *Stendhal et la tentation janséniste*, Droz, 1970. Une thèse originale, voire paradoxale, souvent convaincante.

MARTINEAU (Henri) : *L'Œuvre de Stendhal, Histoire de ses livres et de sa pensée*, Albin Michel, 1951.

MARTINEAU (Henri) : *Le cœur de Stendhal, Histoire de sa vie et de ses sentiments*, Albin Michel, 1952.

PRÉVOST (Jean) : *La création chez Stendhal*, Le Sagittaire, 1947; Mercure de France, 1951. Ouvrage d'une grande clarté. Une manière intelligente et sensible d'étudier les sources et la genèse de chaque œuvre (un chapitre sur *La chartreuse* avec une étude des corrections apportées par Stendhal).

RICHARD (Jean-Pierre) : *Connaissance et tendresse chez Stendhal*, in *Littérature et sensation*, Seuil, 1954 (réédité dans la collection Points). Comment on remonte des images aux sensations. Un texte capital de ce qu'on appelle parfois la « nouvelle critique ».

STAROBINSKI (Jean) : *Stendhal pseudonyme*, in *Les Temps Modernes*, 1951, repris dans *L'œil vivant*, Gallimard, 1961. Les multiples pseudonymes que s'est donnés Henri Beyle révèleraient un Stendhal divisé entre la « quête de soi » et l' « évasion » hors de soi.

THIBAUDET (Albert) : *Stendhal*, Hachette, 1931.

WEBER (Jean-Paul) : *Stendhal et les structures thématiques de l'Œuvre et du destin*, S.E.D.E.S., 1969. J.-P. Weber entend par *thème* un « événement ou une signification infantiles, susceptibles de se manifester - en général inconsciemment - dans une œuvre ou un ensemble d'œuvres d'art... soit symboliquement, soit « en clair ». *La chartreuse* renverrait entre autres à un épisode relaté au chapitre v de *Henry Brulard*, et remontant à la *Journée des Tuiles*, l'un des premiers actes de la Révolution française;

le jeune Beyle a vu ce jour-là un ouvrier chapelier, « blessé dans le dos d'un coup de baïonnette », et allant mourir dans sa chambre, au sixième étage. Suivant J.-P. Weber, Fabrice (du latin *faber*, « ouvrier ») « module » le thème de l'Ouvrier montant à la mort ; le sixième étage est modulé par la tour Farnèse, par la chambre de l'abbé Blanès. *La chartreuse*, conclut Weber, « dresse devant nous un décor où nous reconnaissons sans peine un Grenoble magnifié, des étages multipliés, des fenêtres élevées à la puissance d'un mythe, et tous les héros familiers des crimes et des remords qui, après avoir façonné Beyle, hantèrent à jamais Stendhal ».

Ouvrages et articles consacrés à « La chartreuse »

ANDRÉ (Robert) : *Écriture et pulsions dans le roman stendhalien*, Klincksieck, 1977. Comment Beyle devient Stendhal, et comment les phantasmes de l'enfance, présents notamment dans *Henry Brulard*, sont inscrits dans l'improvisation romanesque de *La chartreuse*. Un très beau livre.

BELLEMIN-NOËL (Jean) : *Le motif des orangers dans « La chartreuse de Parme »*, in *Littérature*, Larousse, n° 5, févr. 1972. Article d'une densité et d'une pertinence remarquables. Comment un motif, d'une grande importance dans la vie et l'imagination de Stendhal, « coopère comme *signature* à la formation du moi du héros, c'est-à-dire à la cohérence du roman, ou à la structuration du discours. »

BORRI (Francesco) : « *La chartreuse de Parme* » : *fiction et réalité*, in *Stendhal-Club*, n° 50, 15 janvier 1971.

CELLIER (Léon) : *Les rires, les sourires et les larmes dans « La chartreuse de Parme »*, in *Omaggio a Stendhal*, Aurea Parma, Parme, 1967.

DIDIER (Béatrice) : « *La chartreuse de Parme* » *ou l'ombre du père*, in *Europe*, n° spécial consacré à Stendhal, juillet-août 1972 (cet article est repris dans la postface de l'édition Folio).

DURAND (Gilbert) : *Le décor mythique de « La chartreuse de Parme ». Les structures figuratives du roman stendhalien*, Corti, 1961. Ouvrage difficile, illustration des *Structures anthropologiques de l'imaginaire*, du même auteur. Prolonge d'une certaine manière *Le triomphe du Héros*, le célèbre essai, inspiré de la psychanalyse, de Gilbert Baudouin. Comment les « petits faits » de l'histoire de Fabrice s'apparentent à « la lointaine quête de l'Odyssée comme à l'immémoriale colère d'Achille ».

JOURDA (Pierre) : *Le paysage dans « La chartreuse de Parme »*, in *Ausonia*, Grenoble, janv.-juin 1941.

SERODES (Serge) : *Un aspect du sublime romantique. Le sublime dans « La chartreuse de Parme »*, in *Stendhal-Club*, n° 52, 1971.

Nous ne pouvons bien entendu mentionner tous les articles qui traitent, directement ou indirectement, de *La chartreuse* et qui ont été publiés au *Stendhal-Club*, revue trimestrielle éditée à Lausanne sous la direction de Victor del Litto. Cette publication constitue une « mine », non seulement d'études littéraires souvent passionnantes, mais aussi de menus détails biographiques de nature à satisfaire les « beylistes » les plus fervents.

▶ Filmographie

La chartreuse de Parme, 1947. Réalisation : Christian Jaque. Interprétation : Gérard Philipe, Maria Casarès, Renée Faure. Adaptation du roman, ou plutôt de sa seconde partie. Ch. Jaque en a tiré un film de cape et d'épée, bien infidèle au roman (doit-on lui en faire grief?), en tout cas plus réussi et moins ennuyeux, à notre sens, que le laborieux *Rouge et le noir* de Cl. Autant-Lara.

Prima della Rivoluzione, 1963. Réalisation et scénario : Bernardo Bertolucci. Interprétation : Adriana Asti, Francesco Barilli, Allen Midgette, Morando Morandini. Tout le contraire d'une adaptation. On retrouve les noms des héros de *La chartreuse*, une intrigue similaire, mais les ressemblances formelles s'arrêtent là. « Si mes personnages portent les noms de ceux de *La chartreuse de Parme*, c'est que, dès que j'ai pensé à ce film, j'ai pensé à un film-roman, et comme le plus grand roman jamais écrit est *La chartreuse de Parme*, j'ai pensé donner les noms des personnages du roman à ceux de mon film comme un hommage que tous ceux qui commencent à écrire un roman devraient rendre au plus grand romancier qui ait jamais existé. » (Bernardo Bertolucci).

▶ Thèmes de réflexion et d'exposés

- Les amoureuses dans *La chartreuse*.
  (Opposition de Clélia et de la Sanseverina; voir surtout
  chapitre xv, p. 312 et suiv.; la fonction romanesque de
  chacune d'elles. Le parallélisme, cependant, de leurs des-
  tinées : identité de réactions, par exemple le « As-tu man-
  gé? » de chacune des deux femmes au chapitre xxv, p. 506
  et p. 515. Comparer avec le « couple » Mme de Rênal-
  Mathilde de la Mole dans *Le rouge et le noir*.)

- Les paysages dans *La chartreuse*.
  (On pourra s'aider de cette réflexion de Gérard Genette,
  Figures III, qui s'applique particulièrement bien à notre
  roman : « Le roman balzacien a fixé un canon descriptif
  typiquement extra-temporel, où le narrateur, abandonnant
  le cours de l'histoire, se charge, en son propre nom et
  pour la seule information de son lecteur, de décrire un
  spectacle qu'à proprement parler, en ce point de l'histoire,
  personne ne regarde (...) On sait que Stendhal s'était toujours soustrait à ce canon en pulvérisant les descriptions,
  et en intégrant presque systématiquement ce qu'il en laissait subsister à la perspective d'action - ou de rêverie - de
  ses personnages. »)

- L'image de Napoléon dans *La chartreuse*.
  (Ne pas considérer seulement les premières pages du
  roman, mais l'influence que peut avoir la figure de l'Empereur sur la destinée de Fabrice : héros mythique, substitut
  du père, etc. Comparer avec l'image de Napoléon dans
  Le rouge et le noir: la manière même dont le héros de
  chaque roman appréhende le mythe peut être révélatrice :
  Julien Sorel lecteur assidu du *Mémorial de Sainte-Hélène*,
  Fabrice interprétant l'apparition d'un aigle comme un
  symbole, etc.)

- Le thème de la prison dans *La chartreuse*.
  Recensement et sens des diverses prisons de Fabrice : prisons réelles, mais aussi lieux clos : le lac, le clocher, la chartreuse... Comparer avec le rôle de la prison dans *Le rouge et le noir;* comparer également le rôle de la grotte et le rôle de la chartreuse dans les deux romans.

- La politique dans *La chartreuse*.
  Les deux clans à la cour de Parme : « ultras » et libéraux; les autres forces politiques présentes dans le roman : les bonapartistes, les jésuites, les partisans de l'Autriche, les républicains (représentés par Ferrante Palla)... Vous essaie-rez de faire la part de ce qui s'attache (éloge ou blâme) aux personnalités représentées, et à leurs opinions (exalter ou ridiculiser quelqu'un, est-ce toujours exalter ou ridi-culiser ses convictions?).

- L'égotisme stendhalien d'après *La chartreuse*.
  Peut-on être « égotiste » (cultiver son *moi* et l'analyser) à partir du moment où on accepte la transposition romanes-que? Peut-on considérer qu'à certains moments, Stendhal, dans *La chartreuse*, se laisse aller à parler de soi indépen-damment des exigences de l'intrigue, par exemple? Qu'est-ce qui conduit à voir dans Fabrice le jeune homme qu'il eût rêvé d'être? A quels signes peut-on reconnaître en Mosca le Stendhal de la cinquantaine?

- Définition des « happy few » d'après *La chartreuse*.
  Quelle est l'importance de l'aristocratie de la naissance? Celle des avantages physiques? Le rôle joué par l'esprit? par le cœur? Éventuellement l'importance du lieu où l'on est né, de l'époque à laquelle on vit? Vous vous demande-rez si la notion de « happy few » est particulière au siècle de Stendhal, ou si on peut la transposer de nos jours; dans ce cas, comment la comprendre? A quels signes se reconnaîtraient aujourd'hui des « happy few »?

- *La chartreuse* aujourd'hui.
  Qu'est-ce qui fait de *La chartreuse*, roman méconnu à son époque, un roman populaire aujourd'hui? A quels aspects du roman un lecteur du XXᵉ siècle sera-t-il le plus volontiers sensible? Fabrice vous paraît-il, plus ou moins que Julien Sorel dans *Le rouge et le noir*, une figure enthousiasmante pour un jeune homme de notre époque?

Références aux pages du « Profil »	*Références aux chapitres du roman*
Amour, **41, 45**	5, 6, 7, 8, 11, 13, 15, 16, 18, 19, 20, 21, 25, 26, 27, 28
Argent, **62**	2, 3, 5, 6, 10, 11, 17, 22, 23
Autobiographie, égotisme, **18, 19, 20, 21, 46, 55-58**	1, 2, 3, 4, 9
Bonheur, **21, 58-61**	partout
Guerre, combat, **19, 38**	1, 2, 3, 4, 11
Héroïsme, **34, 35, 61-62**	2, 3, 4, 11, 18
Nature, **21, 22**	2, 8, 18
Père, **18, 19**	1, 2, 3, 20
Peuple, **37, 51**	1, 7, 11, 21, 22
Politique, **36, 37, 39, 50-52**	1, 6, 7, 10, 12, 14, 16, 19, 21, 22, 23, 24, 25, 27, 28
Prison, **30, 40, 60**	2, 4, 15, 16, 18, 19, 20, 22, 25, 26
Religion, superstition, **25, 53-55**	1, 2, 6, 8, 12, 27, 28

Imprimé en France par MAURY-IMPRIMEUR S.A. – 45330 Malesherbes
Dépôt légal : Janvier 1992
Nᵒ d'édition : 8728 – Nᵒ d'impression : L91/37020